MAY 05 2021

WITHDRAWN

PROPERTY OF
Kankakee Public Library

MAY 05 2021

WITHDRAWN

PROPERTY OF
Kankakee Public Library

SOMOZA

SOMOZA

Ligia Urroz

Planeta

PROPERTY OF
Kankakee Public Library

© 2021, Ligia Urroz

Diseño de portada: Planeta Arte & Diseño / Christophe Prehu
Fotografías de portada: © Ligia Urroz (Somoza) / © iStock
Fotografía de la autora: © Daniel Guerrero
Carta de Somoza: © Ligia Urroz. Se reproduce con autorización de la autora.

Derechos reservados

© 2021, Editorial Planeta Mexicana, S.A. de C.V.
Bajo el sello editorial PLANETA M.R.
Avenida Presidente Masarik núm. 111,
Piso 2, Polanco V Sección, Miguel Hidalgo
C.P. 11560, Ciudad de México
www.planetadelibros.com.mx

Primera edición en formato epub: enero de 2021
ISBN: 978-607-07-6770-8

Primera edición impresa en México: enero de 2021
ISBN: 978-607-07-6757-9

Aunque la mayor parte de los personajes, lugares y hechos narrados son reales, esta novela es una obra de ficción. Todos los personajes, nombres, hechos, organizaciones y diálogos en esta obra han sido utilizados de manera ficticia o bien son producto de la imaginación de la autora.

No se permite la reproducción total o parcial de este libro ni su incorporación a un sistema informático, ni su transmisión en cualquier forma o por cualquier medio, sea este electrónico, mecánico, por fotocopia, por grabación u otros métodos, sin el permiso previo y por escrito de los titulares del *copyright.*

La infracción de los derechos mencionados puede ser constitutiva de delito contra la propiedad intelectual (Arts. 229 y siguientes de la Ley Federal de Derechos de Autor y Arts. 424 y siguientes del Código Penal).

Si necesita fotocopiar o escanear algún fragmento de esta obra diríjase al CeMPro (Centro Mexicano de Protección y Fomento de los Derechos de Autor, http://www.cempro.org.mx).

Impreso en los talleres de Impregráfica Digital, S.A. de C.V.
Av. Coyoacán 100-D, Valle Norte, Benito Juárez
Ciudad De Mexico, C.P. 03103
Impreso y hecho en México – *Printed and made in Mexico*

3 1558 00324 4183

A mis padres y a mi hermana
les entrego nuestra historia.

La memoria es, dolorosamente, la única relación
que podemos sostener con los muertos.

Ante el dolor de los demás,
Susan Sontag

Y si todos aceptaban la falacia que impuso y legalizó el Partido,
si los testimonios coincidían en repetirlo, entonces la mentira se
inscribía como Historia y devenía verdad. «Quien controla el pasado
—decía el eslogan del Partido— controla el futuro. Quien tiene
potestad sobre el presente la tiene sobre el pasado».

1984,
George Orwell

PRIMERA PARTE

Se pregunta qué es un testigo confiable. Cuánto hay de invisible en lo que cree ver. Y qué porción de esos hechos invisibles se revela gracias a la conjetura, la interpretación, lo imaginado. La verdad, razona Pinedo, importa. Solo que la verdad depende menos de los datos que de las metáforas de fondo.

Fractura,
Andrés Neuman

GAUCHOS EN MANAGUA

Algunos meses después de la revolución de julio de 1979

El humo de los churrascos a la parrilla provocaba un ambiente nublado y cargado de olores. Esos aromas que se llevan con un Malbec potente, de un color intenso y profundo. Los costillares, volteados de un lado al otro por el cocinero, se mezclaban con el jugo de los chorizos y los quesos provoleta condimentados con pimienta y orégano. Las carnes al punto eran colocadas en refractarios metálicos. Echar un vistazo a través del vidrio que separaba la parrilla de los comensales hacía salivar a los que esperaban una mesa. Se podía casi probar con la nariz y los ojos.

Después de varios años en el exilio, y ahora en Managua, a Ramón, Armando y Santiago les provocaba una gran nostalgia la comida de su natal Argentina, por lo que acostumbraban reunirse en El Gaucho una vez por semana.

Cerca de la parrilla y en una mesa pequeña, conversaban sobre aquel 19 de julio en la recién nacida Plaza de la Revolución.

—Escucho como si fuera ayer los gritos de júbilo de la muchedumbre al celebrar el derrocamiento de la dictadura —recordaba Ramón, mientras servía un poco de chimichurri sobre su empanada—. ¡Salud, compañeros! Por uno de los triunfos de nuestra lucha.

—¡Qué días históricos! Delirantes y embriagados de revolución. Las balas cortaban el aire y no la piel. La pólvora al fin descansó —decía románticamente Santiago, con la mirada puesta en esos meses pasados—. Recuerdo a los compas que venían en la caravana de la junta. Salieron desde León, tenían los rostros cansados, pero la mirada recién nacida de la revolución.

—¡Qué ironía! —dijo Ramón—. El mierda de Videla nos puso en el exilio y reprimió la resistencia en nuestra propia tierra. Para mí, ayudar a la revolución nicaragüense no fue solamente asistir a un país hermano, sino apoyar a todos los movimientos de liberación de América Latina. San Martín y Bolívar vieron la lucha latinoamericana como una sola y de esa manera podría ser liberada en conjunto. El problema de fondo son siempre las clases dominantes de nuestros pueblos, esa élite económica que hace que el imperialismo yanqui nos someta. Tenemos un enemigo común que explota a la fuerza laboral y que se acaba nuestros recursos naturales. —Ramón hizo una pausa mientras tomaba un trago de cerveza Victoria, miró a sus dos acompañantes y bajando el tono de voz prosiguió—: Lo que ahora me trae muy inquieto es la cohesión de nuestro grupo en el exilio. Ya han pasado varios meses y no tenemos para cuándo volver. Debemos mantenernos unidos y listos para luchar.

El mesero, con la frente perlada por el sudor, cambiaba el cenicero sucio por uno limpio.

—Compañeros, ¿ya están listos para ordenar lo siguiente? —preguntó al momento de sacar una libretita con una pluma.

—Mirá, compañero, traeme un churrasco término medio —pidió Ramón.

—Nosotros vamos a querer un churrasco para dos personas —dijo Armando—; también traelo término medio.

El mesero terminó de apuntar en su libretita.

—Gracias, ya vuelvo con su comida.

En esos momentos vieron entrar a algunas mujeres revolucionarias vestidas de verde olivo. Ellas los saludaron con un movimiento de cabeza y se sentaron en una mesa al fondo del restaurante. La intención de abolir las clases sociales e instalar un régimen socialista también se permeaba de una nueva visión del feminismo. Ellas empezaron a llevar el pelo corto, a utilizar los uniformes verde olivo, y se cambió el saludo de beso y el «ideay, amor» por un «buenas noches, compañeros».

—Pues bien —retomó Santiago—, debemos continuar haciendo esfuerzos para apretar los lazos con nuestros compañeros que siguen en Argentina. Si estamos fuera, no es por otra razón más que por la causa; quiero volver a la tierra y liberarla del yugo imperialista.

—Otro tema que me preocupa es que, por lo pronto, la gente en Nicaragua sigue de luna de miel con los compas de la junta, pero, dadas las condiciones actuales con la oposición, podría ser peligroso que alguien quisiera organizarse e invitar al viejo a volver —dijo Armando, tocándose la barba con la mano izquierda—. Se joderían todos nuestros avances revolucionarios.

—Se rumora que un grupo bien estructurado de contrarrevolucionarios está siendo organizado en la frontera con Honduras. Hay exguardias y otras bandas —comentó Ramón y le dio una calada a su cigarrillo—, todavía existe desorden y estamos viviendo tiempos difíciles. El proceso de reconstrucción es complejo. No viene por sí solo. Hay que defender lo ganado. Hemos estado trabajando en toda esta vaina y no podemos arriesgarla.

—Me repugna que ese hijo de puta esté feliz de la vida en su exilio y que desde ahí se organice para destruir esta revolución —dijo Armando, mientras que en sus pupilas crecía esa llama de combate hambriento de justicia, repleto de odio por la desigualdad.

—Desde que arriesgamos la vida en el Frente Benjamín Zeledón, juré no descansar hasta ver que nuestros hermanos nicaragüenses fueran libres. Si este hijueputa se organiza desde Paraguay, no tardaremos en ver cómo su bota militar vuelve a oprimir al pueblo de Nicaragua. Algunos compañeros nicas me lo han comentado. Están preocupados y con mucha razón. Con todo el dinero que se robó el hijueputa, puede comprar lo que sea, incluyendo muchas conciencias —opinó Ramón.

El mesero trajo las carnes y las acomodó en el centro de la mesa. Cambió de nuevo el cenicero lleno de colillas. Se llevó las botellas vacías de Victoria y las cambió por una nueva ronda fría que sudaba con el calor de Managua.

—Da rabia pensar que ese criminal esté gozando de sus millones en Asunción —decía Armando al cortar un pedazo del churrasco—, sería una vergüenza histórica permitir que ese asesino muera tranquilamente en su cama. No me lo podría perdonar, traicionaría todos mis ideales. No soporto la idea de que ese *playboy* millonario esté dándose la gran vida mientras que miles de latinoamericanos mueren de hambre. Podés hablar de los que mueren en batalla, pero ¿acaso podés decir algo de los niños que mueren de hambre y enfermedades? ¿No están igual de muertos? Tenemos que ponerle un alto a todo esto.

—Por lo menos ha podido hallar un lugar seguro dónde esconderse —continuó Santiago— desde que lo sacaron a patadas de Estados Unidos y llegó a Paraguay; dicen que Samuel Genie tiene cuando menos doce hombres vigilándolo día y noche, además de las fuerzas de seguridad de Stroessner. No dudo que viva en un búnker rodeado de lujos y acompañado de su querida.

—De todas maneras debe estar cagado de miedo —aseguró Ramón—. Dicen que es muy difícil verlo, que no sale ni a la esquina.

—Asunción es tan aburrido que no hay dónde entretenerse —observó Armando—. Pero, eso sí, es un lugar perfecto para alguien enfermo del corazón y que no quiere ser visto. Sería una desgracia para la humanidad que ese hijueputa muera tranquilamente cogiéndose a su querida.

—Armando tiene razón —dijo Santiago—: alguien tiene que borrarlo de la faz de la Tierra y hacer justicia de una vez por todas.

—No estaría mal terminar de una vez con el trabajo que empezamos en el Frente Sur, cuando luchábamos en Rivas y en San Carlos queriendo liberar a nuestra hermana Nicaragua. ¡Hagámoslo! ¿Qué carajos nos detiene?

—De querer hacerlo, a nadie le cabe la menor duda; sin embargo, infiltrarnos me parece un acto bastante arriesgado en el que se necesitan no solo un par de huevos bien puestos, sino bastantes sesos y plata. La dictadura de Stroessner es la más antigua de Latinoamérica, por veinticinco años ha oprimido de manera mortífera a la oposición y cualquier intento de revivirla es sofocado de inmediato. Tiene un sistema eficiente de seguridad y de informantes por todos lados. Sería muy difícil que nosotros entráramos a Paraguay —apuntó Santiago con voz muy queda; el mesero se acercaba a levantar los platos sucios—; por otro lado, estaríamos en territorio no conocido, tendríamos que improvisar casi con todo, con las casas de seguridad, con la introducción de las armas. Todos sabemos que a los argentinos nos odian en Paraguay.

—Muchos de nuestros compatriotas cruzan el río a diario para tomar ventaja del mercado negro —dijo Ramón—; en ese sentido, podríamos armar cualquier coartada.

—Y le estaríamos haciendo un favor a la humanidad entera —replicó Armando—. El mundo vio en sus televisiones los horrores de la dictadura somocista, desde las fosas comunes hasta los miles de muertos inocentes por los bombardeos indiscriminados. Sería un espaldarazo y un alivio a la revolución de los compas, una forma de hacer justicia de la misma manera que el poeta Rigoberto López Pérez hizo con el padre de Somoza.

—Y no solo eso —dijo Ramón—, sería una demostración de la solidaridad latinoamericana contra los Pinochets, Videlas, Stroessners y todos los dictadores que nos envenenan. Las revoluciones no son solo nacionales, sino continentales.

—¿Has hablado con alguien del Frente respecto a esto? —intervino Santiago—. Porque tengo el presentimiento de que sí.

—Sí lo he hecho, pero por ahora dejalo así, che…, que si te agarran, no te pueden sacar absolutamente nada —le contestó Ramón con una mirada suspicaz que lo gritaba todo.

Los meseros siguieron recorriendo las mesas; el tango se mezclaba con el murmullo general; los comensales reían, fumaban y vivían sus historias de una manera protagónica e insustituible. Cada cabeza es un universo.

Lo que les ocurre a ellos mismos es la primera plana del diario de sus vidas.

Lo que le ocurre a los demás son sucesos extraños y lejanos; no se imaginan que alguna vez podrían trascender en sus propias vidas.

La música siguió: «Mi Buenos Aires querido, cuando yo te vuelva a ver, no habrá más pena ni olvido…».

SE ORGANIZA LA CONSPIRACIÓN

Primera mitad de 1980

Después de la reunión de esa noche, la conspiración para matar al general Anastasio Somoza Debayle empezó a tomar forma. Las órdenes que le dieron a Ramón eran precisas y concretas. Debería orquestar la operación junto con un equipo de confianza elegido por él. Ramón, Armando y Santiago continuaron comiendo una vez a la semana en El Gaucho para armar la logística y dar parte a sus demás compañeros de los progresos individuales. Tendrían que «pensar Somoza», es decir, ponerse en sus zapatos. Imaginar cómo funcionaría su mente de político con enormes recursos económicos y cómo epicentro de las políticas reaccionarias de Centroamérica. Tendrían que delinear un personaje con un enorme ego, cargado de poder y con ánimo de venganza, con ganas inmensas de volver a sus tierras, a sus negocios.

Armando se dedicó a obtener información de las actividades de Somoza en Asunción. Para ello, visitaba los dos periódicos de Managua, las librerías de las universidades y hasta el cuarto de lectura del Ministerio de Relaciones Exteriores. Concluyó que para obtener información fresca y fidedigna, la tendrían que recolectar en algún lugar de observación en Asunción. También precisarían de armar la logística para la entrega de las armas con las que perpetrarían el atentado, cosa que no era trivial.

Pobres ingenuos, estaban seguros de que al acabar con un dictador liberarían a un país de la amenaza absolutista, sin saber que la historia sería cíclica y que volvería al lugar de inicio. A final de cuentas, no tenían una bola de cristal y pensaron que estaban trabajando por el bien de nuestros pueblos. El ser humano es tan complejo. ¿Quién tiene la razón? ¿La compartimos con los otros? ¿O en asuntos de sangre y muerte solamente cabe la sinrazón?

Busco respuestas a mis dudas y por eso quiero compartir esta historia…

Ramón era el cabecilla del comando, un hombre absolutamente enigmático. Guapo, alto, con ojos verdosos y grandes patillas. Su mirada ligeramente desviada lo hacía un hombre interesante y misterioso. Miraba sin miedo pero su mirada sí lo provocaba. Argentino de origen vasco. Con hambre de justicia en todos los poros de su piel. La Revolución cubana lo inspiró y decidió estudiar economía. En los sesenta, en su Argentina natal, participó en el nacimiento del Partido Revolucionario de los

Trabajadores y en los setenta fundó el Ejército Revolucionario del Pueblo. Se unió a la guerrilla en Tucumán como miembro de la compañía de monte «Ramón Rosa Jiménez». En 1976, Videla lo forzó al exilio. Después, en Nicaragua, en plena guerra civil, fue miembro del Frente Sur Benjamín Zeledón, el cual avanzó sobre Rivas y Managua. Uno de los enfrentamientos más intensos lo tuvo contra el famoso Pablo Emilio Salazar, mejor conocido como Comandante Bravo, principal lugarteniente de Somoza. Fue un enfrentamiento crudo y sangriento. Los militares bombardeaban con aviones *push and pull* y desde helicópteros les tiraron tanques de fósforo vivo. Ni con toda la experiencia adquirida en el Ejército Revolucionario del Pueblo de Argentina se salvaron de los daños provocados por los bombarderos y la artillería.

Hasta ese momento en Nicaragua nadie había podido acabar con Bravo.

Al triunfar la revolución y ya cuando los sandinistas tomaron el poder, acuartelaron a Ramón junto con otros compañeros del Ejército Revolucionario del Pueblo en el búnker de Somoza, en la Loma de Tiscapa, y, aunque sea impensable, el mentado búnker era una oficina común y corriente. Fue en esa época cuando les llegó la orden de realizar la operación del Comandante Bravo, misma que les cayó como anillo al dedo, ya que podrían desquitarse del daño que les había causado en el Frente Sur…

Se dice por allí que la venganza es un platillo que se sirve frío y Ramón lo aderezó con salpicaduras de sangre.

Las palabras «entender» o «conocer» crean dos mundos distintos: «entender» sería, en cierta forma, justificar su proceder. «Conocer» es simplemente enterarse de lo ocurrido y no tener algún juicio de valor. Las personas vamos por el mundo buscando efectos a las causas, tratamos de justificar la mayor parte de nuestras acciones, sobre todo aquellas con las que no estamos cómodas y buscamos esos símiles en los actos de los demás y los perdonamos o los condenamos. El Comandante Bravo le hizo los honores al dicho «Quien a hierro mata a hierro muere».

Le pusieron de apodo «Bravo» porque no se andaba con miramientos; era atrevido, temerario y audaz. A pesar de su bravura, el día que se enteró de que Somoza renunciaría lo buscó y le preguntó:

—¿Es definitivo que usted se va? —Al recibir una respuesta positiva agachó la cabeza y lloró.

Le hirió el fracaso, imaginó que tanta sangre derramada y tanta mierda iban a ser en vano. Se sintió defraudado al ver que su jefe flaqueara después de que él estuviera jugándose la vida en combate. Llevaba noches sin dormir, esas en las que el hastío y el hambre se hacen presentes. Hasta los hombres más sanguinarios y fuertes sienten que la derrota se trenza con la tristeza, y lloran.

ESE DÍA SUS GRANDES OJOS OSCUROS SE LLENARON DE HUMEDADES...

A Bravo, de piel morena, pelo rizado y bigote espeso, le gustaba portar sus enormes lentes Ray-Ban que hacían juego con el uniforme verde olivo. Cuando no estaba en servicio, vestía ropa italiana y le gustaba la fiesta; era alegre y bailaba a la menor provocación. Estudió en la Academia Militar Nicaragüense y luego hizo cursos militares en Europa, principalmente en Italia. Cuando regresó a Nicaragua, estuvo al mando de la Guardia Presidencial, la unidad especial de seguridad militar que cuidaba al general Somoza. Al estallar la guerra civil en 1978, le dieron la jefatura del Frente Sur, lugar por donde llegaba la mayor ofensiva del Frente Sandinista, apoyado principalmente por Costa Rica, Venezuela, Cuba, México y Libia. Bravo luchó desesperadamente por no permitir el acceso y en cierta forma fue impenetrable. Por esos caminos del sur tuvo enfrentamientos con el conocido Comandante Cero.

Cuando Somoza salió de Nicaragua, la columna que combatía en el sur ya no recibió más abastecimientos de pertrechos militares y el Comandante Bravo ordenó el repliegue. Organizó una retirada por mar a El Salvador. El grupo huyó y navegó desde la medianoche del 19 de julio hasta la madrugada del 20. Además de soldados, había civiles hombres, mujeres y niños. Llegó al Puerto de la Unión y las autoridades salvadoreñas le dieron la bienvenida al ejército del Frente Sur de la exguardia nacional de Nicaragua. A partir de entonces se convirtió en uno de los hombres más buscados por el nuevo gobierno nicaragüense, pues temían que organizara un grupo contrarrevolucionario.

Ramón se ocupó como interrogador en operaciones de la seguridad del Estado mientras planeaba la muerte del impenetrable Comandante Bravo. Entonces recurrió a un lugar común en la caída de los poderosos: la figura atemporal y poderosa de Mata Hari.

Aprovechando la situación, Ramón se dio a la tarea de interrogar largamente a la examante de Bravo y acordó un intercambio de favores: ella obtendría el perdón de sus acusaciones, una casa en León para que viviera su madre, además de una suma de dinero, todo esto con la penitencia de dar la ubicación del Comandante Bravo fuera de Nicaragua. Ramón la visitó frecuentemente y la trabajó a su manera: de tanto interrogar, por allí se dice que se hicieron amantes. Esta nueva condición amistosa puso a la mujer en el centro de la conspiración: la Mata Hari tropical tendría la oportunidad de desplegar de nuevo sus encantos, *el poder sexual para lograr un poder político, el sutil arte de fingir hasta los orgasmos, la Mata Hari tropical supo bailar y seducir a Bravo, utilizando la mentira y la fantasía de una manera magistral; se supo empoderada y más fuerte que su examante. Las dádivas y los perdones que le serían otorgados por entregarlo eran nada comparados con sentirse única ante su nuevo hombre, Ramón: quiso demostrarle que ella podía, que era una pieza fundamental en el engranaje de la conspiración.* En uno de los contactos telefónicos con Bravo (ya intervenidos y guiados por la seguridad sandinista), él mismo le plantea que salga de Nicaragua, ya sea a El Salvador o a Honduras, y que allí llegaría a visitarla. Es en este momento cuando se concreta el plan. El comando formado por el grupo de Ramón se concentró en una casa ubicada en la primera entrada a Las Colinas, en Managua.

Irónicamente, los héroes de la revolución expropiaron las casas de los más adinerados que tenían algún tipo de relación con el gobierno somocista y decidieron vivir en ellas, también utilizaron sus coches y demás bienes. Tenían sed de ser lo que nunca habían sido. Ahora viven en las colonias de los pudientes y de los de la clase media alta que salieron de Nicaragua mientras esperaban tiempos mejores.

Desde dicha casa de Las Colinas prepararon la logística de la operación y la documentación apócrifa. Se necesitaban papeles falsos porque, después de la revolución, el grupo liderado por Ramón había quedado expuesto como inteligencia internacionalista en Nicaragua. La revolución se llenó de hermanos argentinos, cubanos, colombianos, mexicanos y venezolanos. Para armar el operativo, Ramón estudió dos escenarios: Bravo podía visitar a la mujer solo o con sus escoltas. Si la visitaba solo, sería muy fácil atacarlo. Si la visitaba con escoltas, habría que tener un grupo preparado, ya que la operación sería más riesgosa; sin embargo, tendrían a su favor el factor sorpresa.

Ramón y la mujer partieron hacia Panamá y de allí, portando la documentación falsa, entraron a Honduras. Decidieron viajar desde Panamá para no levantar sospechas. Rentaron una casa alejada y discreta. Las células hondureñas les proveyeron el armamento: una subametralladora, una pistola calibre .22 con silenciador y cuatro granadas. La operación fue sencilla porque el Comandante Bravo llegó solo a la casa. Uno de los hombres se atrincheró afuera, en un patiecito, mientras que Ramón se ocultó detrás de una pared. Cuando Bravo tocó la puerta, la mujer lo recibió cariñosamente y lo hizo pasar. Otra versión asegura que la mujer lo recogió en el hotel donde se hospedaba, así que resulta que se tienen dos finales de esta historia ocurrida en octubre de 1979.

El primero: los argentinos dicen que le dieron muerte de inmediato por medio de un tiro en la cabeza, que lo arrastraron y lo metieron debajo de una cama.

El segundo final: el general Somoza declaró que a Bravo lo torturaron lentamente hasta su muerte. Mostró fotos en donde se ve al excomandante completamente desfigurado por los golpes en la cara. El general Somoza cuenta que también le rompieron ambos brazos; que le cortaron las orejas, el pene y los testículos; le arrancaron tiras de piel para finalmente darle un tiro en la cabeza (punto concordante de los dos finales, además de que tardaron varios días en encontrar el cadáver). Las fotos existen y son macabras... Debajo de tanta sangre y golpes apenas se distingue el perfil de Bravo: no hay orejas, le faltan pedazos de piel, se ve a los forenses revisando su dentadura...

El mismo Bravo había declarado en agosto de 1979 en Washington, en una conferencia de prensa convocada por John Murphy, congresista de Nueva York, que el régimen marxista-nicaragüense había cometido barbaridades tan pronto como tomó el poder, que habían asesinado a unos tres mil prisioneros de guerra y perpetrado atrocidades inenarrables.

Dicen por allí que se enseña con el ejemplo y que los sedientos de venganza suelen ser pacientes. Él sería el ejemplo vivo de que, al haber alzado la voz, le recetaran una dosis de los mismos procedimientos que había denunciado. De esta manera, el cuerpo de Bravo resultó ser un mensaje macabro de advertencia.

Dejando el episodio del Comandante Bravo, que fue un paréntesis largo para dar a conocer las formas en las que trabajaba Ramón, retorno a los perfiles de algunos de los integrantes del comando formado para matar al general Somoza...

EL COMANDO JUSTICIERO

Armando era otro miembro clave del comando. Nació en Francia y vivió la excitación de las boinas negras y las estrellas rojas. Era un hombre muy radical y a la vez sensible. Le dolía la miseria del norte de Argentina, donde trabajó como camionero. Ingresó a la guerrilla a principios de los setenta y entró al Ejército Guerrillero del Pueblo de Argentina sin pasar por ningún tipo de adoctrinamiento. Fue encarcelado por tres años y medio, hasta que el gobierno francés mandó una solicitud al gobierno argentino para que lo liberara. En ese entonces, el gobierno de Francia reclamaba también la desaparición en Argentina de tres monjas francesas.

De Francia partió a Nicaragua para apoyar al FSLN. Al igual que Ramón, fue guerrillero del Frente Sur en la guerra contra Somoza. Como sabía de mecánica, fue asignado a transportar camiones con municiones y comida a la línea de batalla. También recogía a los heridos y los llevaba al «hospital». Sus compañeros le llamaban de cariño Che Gordo. Fue uno de los fundadores de la policía sandinista.

El capitán Santiago era una leyenda en los círculos revolucionarios argentinos y en las filas de sus enemigos. Era un hombre alto, medía un metro con noventa centímetros. De barba rojiza y pelo medio crespo. Hombre contrastante: era un témpano de hielo en combate y a la vez un maestro sensible con sólidas bases políticas e ideológicas. Tomó cursos de filosofía, historia argentina y de economía en la escuela de entrenamiento del EPR.

Junto con Ramón participó en la creación del Partido Revolucionario del Pueblo, se consagró como un valeroso líder militar y hasta fue condecorado por sus actos heroicos. Se decía que su sola presencia brindaba un sentimiento de seguridad a todos los compañeros que lo rodeaban. También formó parte del Frente Sur en la guerra civil nicaragüense. Tenía experiencia como instructor en entrenamientos de combate, así que fue asignado a adiestrar comandos de nuevos reclutas para unirse al FSLN. Peleó junto con sus compas y mataron guardias hasta hermanarse.

Ramón, Armando y Santiago fueron los hombres que en un principio planearon la parte operativa del atentado y, a pesar de toda su experiencia militar, recibieron nuevamente entrenamiento para realizar una emboscada, ahora enfocada específicamente en matar al dictador Anastasio Somoza.

Para la organización y elección de los miembros que participarían en el comando ampliado, decidieron rentar una casa dos horas al sur de Bogotá. Había otras casas alrededor pero no tenían buena ubicación. A los hombres y las mujeres que recibieron el curso se les dijo que era un programa para «entrenar compañeros que regresarían a Argentina». Nunca se habló del objetivo real hasta que se escogió a los miembros definitivos del grupo.

El entrenamiento fue arduo y duró tres meses. Empezaban el día con ejercicios y artes marciales y terminaban con estudios de escritura y códigos secretos. Estudiaban el envío y la recepción de información y órdenes clandestinas, el arreglo de encuentros encubiertos, la fabricación de coartadas. También se instruyeron en temas de vigilancia: localizar y persuadir sin llamar la atención. Crearon documentos falsos. Vivieron identidades apócrifas por un periodo determinado y, al mismo tiempo, cuidaron de algún objetivo sin atraer la atención de la policía local o de los vecinos. Santiago dirigía los ejercicios físicos y militares, mientras que Ramón, los estudios teóricos.

El entrenamiento siguió con tiro y uso de bazuca. Santiago contaba con capacitación precisa para tirar lanzacohetes RPG7 y RPG2. Le enseñó a su grupo a detonar explosivos, a ser francotiradores a vista normal y con teleobjetivo. A tirarse al suelo y cubrir a un camarada expuesto, y arrastrarse sin que se les trabara el arma.

Además de toda la teoría y la práctica militar, supieron conocerse unos a otros como las palmas de sus manos, aprendieron sus fuerzas y debilidades.

El comando en ese momento consistió en siete militantes organizados en tres parejas: Ramón y Julia, Santiago y Susana, Armando y Ana, y Francisco, quien actuaría solo en el tema de la introducción de las armas. La lógica de organizarse en parejas consistió en que los recién casados siempre pueden rentar casas fácilmente. Las mujeres pueden actuar como amas de casa y a la vez participar en la vigilancia de la residencia, con el fin de encontrar patrones de regularidad en los movimientos del objetivo. Además, estas mujeres contaban con el entrenamiento necesario para tomar parte activa en la operación de la misma manera en que lo haría un hombre. Por ejemplo, Julia tenía una enorme experiencia como militante en el EPR. Se unió al PRT cuando era una estudiante de apenas catorce años. Tuvo una existencia clandestina en Argentina desde los diecinueve años hasta que tuvo que dejar el país. Su esposo, uno de los líderes del EPR, había sido muerto por los militares varios años antes. Ahora tenía una relación sentimental con Ramón y además había quedado embarazada de él. Tenía pocas semanas y en un principio no dijo nada acerca de su incipiente preñez, ya que quería con todas sus fuerzas formar parte del operativo. Ella fue la única que no recibió el curso de entrenamiento en Colombia, ya que se encontraba en otra misión.

EL PLAN PARA MATAR AL DICTADOR

La logística sería infiltrarse en Paraguay y estudiar todos los movimientos de Somoza hasta dar con el momento preciso para matarlo.

Existe otra versión, en la que se asegura que también se pensó en eliminar al chigüín, Anastasio Somoza Portocarrero, el hijo de Anastasio, pero la operación era sumamente difícil porque tenía que hacerse en Estados Unidos, lo cual significaba vérselas de frente con la CIA *y el* FBI*, y hasta ahí no llegaba la osadía del grupo ni de sus jefes anónimos.*

Antes de partir a Asunción, el comando se reunió varias veces encubierto por el velo de la clandestinidad. Con el solo hecho de juntarse para preparar la logística del atentado, sus cuerpos se colmaban de adrenalina y eso los hacía fuertes, arrojados y dispuestos a todo.

—Debemos entrar al país sin levantar sospechas, hacer bien el trabajo y salir sin dejar rastro. —Era el lema de

Santiago; lo repetía incansablemente, instruía al comando con esa forma suya de transmitir conocimientos y vivencias de fogosidad revolucionaria.

Los primeros en llegar a Asunción fueron Susana y Francisco. Hicieron un reconocimiento preliminar y se dieron cuenta de que la dirección que tenían de Somoza en la avenida Mariscal López ya no era la correcta. Se tardaron tres días en localizar la nueva residencia. Ahora vivía en la avenida Francisco Franco, también conocida como la avenida España. Era una calle muy concurrida y llena de semáforos. La zona se encontraba vigilada por la policía, ya que allí vivían Stroessner y la mayoría de sus ministros y oficiales.

Después de esta primera aproximación, Susana voló a Río de Janeiro y Francisco abordó un *ferry* para cruzar el río Paraná y llegar a Argentina. En algún lugar de ese río tendría que supervisar el cruce y el escondite de las armas. Otros dos compañeros trabajaban los detalles finos. El armamento consistió en un FAL, una bazuca RPG-2, dos Ingrams con silenciadores y un fusil M16. También contaban con una Browning de nueve milímetros.

Susana regresó a Paraguay tres semanas después. Ahora lo hizo con Armando, con el cuento de ser una pareja en su luna de miel. Armando supuestamente tenía dinero familiar y estudiaba la posibilidad de empezar un negocio de construcción en Asunción.

Ramón les organizó el plan:

—Tienen que rentar una casa en un buen barrio. Se codearán con profesionales y gente que posiblemente conozca a Somoza. Será una casa con varios cuartos para que Julia y yo podamos vivir un tiempo allí. Yo seré un pariente enfermo y saldré muy poco. Recuerden que en Paraguay hay una recompensa por mi cabeza —les decía Ramón—. Santiago y Ana tendrían su propia casa de seguridad.

Ramón era quien tenía más experiencia militar en el partido. Nunca estaba nervioso y les proporcionaba la confianza de que todos eran aptos para realizar el trabajo. Fue en esta etapa cuando decidieron bautizar a Somoza con el seudónimo de «Eduardo».

Rentaron una casa con las especificaciones dictadas por Ramón por un periodo de tres meses. Allí vivió Susana con «su esposo» Armando, Julia y Ramón (el pariente enfermo). Para ser consistentes con el cuento inventado de la pareja, contrataron a una empleada doméstica dos días a la semana por las mañanas.

Armando salía todos los días a la misma hora a su supuesto trabajo. En realidad, se dedicaba a observar la residencia de Somoza para establecer patrones regulares. Se les dificultó visualizar a Eduardo porque no tenía actividades estándar o al menos no se le veía a las horas del supuesto trabajo de Armando. Lo que sí pudieron identificar con certeza fueron los vehículos: un Mercedes Benz con chofer (tenía dos Mercedes, uno blanco y otro azul), donde viajaba seguido de sus cuatro escoltas a bordo de un Ford Falcon rojo. El comando supuso que los dos Mercedes eran blindados. También supieron de la existencia de otro coche, un Cherokee Chief, que al parecer era de uso general.

En ese momento se integró el último miembro del equipo: Osvaldo. Este joven de pelo negro y liso, con mirada penetrante, se mantuvo alejado de los otros integrantes del comando. Por la naturaleza de su complexión se decidió que podía buscar empleo en alguno de los puntos de observación. Localizaron algunos lugares desde los cuales se podía vigilar la casa de Somoza. Susana halló un supermercado coreano a una cuadra y se percató de que desde la ventana podía mirar (de lejos) la residencia. También se podía observar desde dos estaciones de gasolina y caminando por la calle. Ninguno de los puntos de observación era seguro por más de una hora, así que era primordial que Osvaldo encontrase trabajo. Vestido de jeans y tenis usados, se dio a la tarea de buscar empleo en las estaciones de gasolina y en el súper coreano. Le ofrecieron un puesto en un boliche cerca de la casa de Somoza, pero era un trabajo dentro y no permitía vigilar las entradas y salidas de la residencia.

Mientras tanto, pasaron seis semanas desde que se establecieron y en ese lapso nadie vio a Somoza. Llegaron a pensar que se había mudado de casa nuevamente. Esto afectó la moral del comando. El 22 de julio, y en plena crisis operativa, Armando manejaba por la calle que pasaba por atrás de la casa y vio pasar el Mercedes blanco seguido del Ford Falcon. Vio a Somoza. Volvió hilarante con la noticia.

A la mañana siguiente Susana y Julia caminaban al súper y pasaban frente a la casa, cuando se abrió la puerta y pasó justo en sus narices el Mercedes con Somoza.

Luego supieron que frecuentaba algunos restaurantes.

Esa noche, reunidos en la casa de seguridad, revisaron sus planes.

—Tenemos que perfeccionar el cerco de vigilancia alrededor de Eduardo —indicó Ramón.

—Podríamos realizar la operación cuando vuelva a ir al restaurante en el que estuvo anoche. Ya hemos visto varias veces en ese lugar uno de los Mercedes y el Falcon rojo, es de los favoritos del cabrón —dijo Susana.

—También podríamos alquilar un camión para vender verduras puerta por puerta sobre la avenida España, cargarlo con las armas y esperar a que pase Eduardo —opinó Ana—, o esperarlo en la calle, en una esquina, con las pistolas en bolsas de súper y, cuando lo veamos pasar, abrimos fuego.

—El problema es que llamaríamos la atención de los guardias de seguridad. Debemos esperar en un lugar seguro sin levantar sospechas. El otro día Santiago caminaba cerca de la residencia y le pidieron sus documentos de identificación. Si nos ven pasar varias veces, estaremos poniendo en peligro la operación —advirtió Ramón.

—Contemplemos un ataque suicida a la residencia —intervino Armando seriamente y con mirada de fuego.

—Podemos hacer lo que queramos, pero la realidad es que tenemos muchos problemas con el chequeo del objetivo. No es tarea fácil. Si no logramos predecir con exactitud los movimientos del hijo de puta, por más planes que tengamos de cómo volarle la tapa de los sesos, no nos sirven de nada —insistió Ramón.

—Ramón tiene razón —dijo Julia—, tanto del supermercado como de la estación de servicio se nos ha complicado mucho la observación. Hay peatones y gente con bolsas que dificultan la visualización de Eduardo. Tendríamos que estar casi frente a su casa y vigilar las entradas y salidas. En la esquina del súper hay varios puestos de frutas y verduras, tal vez Osvaldo podría emplearse en alguno de ellos.

—También hay tres quioscos de periódicos. Que pida trabajo en ellos —dijo Armando.

—¿Y si se ofrece a comprar alguno de los puestos? —aventuró Ramón—. Al ser el dueño podría tener un poco más de libertad para cualquier imprevisto.

Establecieron el quiosco de revistas a doscientos cincuenta metros de la casa de Somoza, mejorando considerablemente la observación. Era un sitio por donde él tenía que pasar cuando fuera al centro. Osvaldo, en su papel de revistero, se hizo de muchos amigos, incluso les vendía revistas porno a los policías y hasta les permitía leerlas allí sin pagarlas. Al tener una manera de ser muy extrovertida inmediatamente se encontró rodeado de paraguayos. No levantó la mas mínima sospecha, hacía amigos a diestra y siniestra, y al mismo tiempo vigilaba la residencia.

Después de vigilar de cerca los movimientos de la casa, concluyeron que las actividades de Somoza eran totalmente caprichosas, por completo irregulares. Uno de los pocos movimientos que pudieron predecir fue que «salía siempre de su casa en el Mercedes Benz, seguía por la avenida España. Al llegar a la intersección de los semáforos continuaba recto, casi nunca giraba». La vía era complicada y siempre estaba llena de tráfico. A cuatrocientos metros de la intersección se localizaba el Estado Mayor del ejército y a trescientos metros la embajada estadounidense. Muy cerca de allí, también se localizaba la casa de Stroessner, la cual tenía un gran aparato de seguridad.

—Se alquilan dos casas sobre la avenida España, creo que es el momento de que seamos sus vecinos —dijo Susana—. Una de ellas se ve grande. Es un lugar ideal para una persona rica o una embajada. El problema que veo es acercarse al dueño de la casa y rentársela por un periodo corto.

A Julia se le ocurrió la idea de decir que la casa sería para el cantante Julio Iglesias, quien en su último LP había dedicado tres canciones a Paraguay. Así que la hermosa y elegante Julia, de grandes ojos de gato, rentó una habitación en el mejor hotel de Asunción y desde allí hizo la llamada a la dueña de la casa. Hicieron la cita y Julia le dijo que sería para Julio Iglesias, quien vendría por un periodo corto a promocionar su más reciente álbum. Le dijo que manejara la información de una manera muy discreta. La dueña le rentó la casa encantada de la vida.

La residencia era muy elegante y lujosa, con muchas recámaras, cuatro baños y una gran piscina. Les costó mil quinientos dólares al mes y pagaron tres meses por adelantado.

Armando y Susana cerraron la casa de seguridad de la supuesta pareja en luna de miel y Ana voló a Brasil a esperar instrucciones para la salida de Santiago. Todos tenían ya otros lugares de seguridad para dormir en esos días. Una semana antes del atentado, el comando del Ejército Revolucionario del Pueblo compró una camioneta Chevrolet para la retirada. Ramón y Santiago se dieron a la tarea de repintarla.

—El problema de la camioneta es que no enciende bien cuando está fría —gritó Armando al tratar de encenderla—. En el lote de autos usados arrancó perfecto. Odio la estúpida pero siempre atinada ley de Murphy.

—No te preocupés, la vamos a tener bien calientita. Si te fijás, tiene sus ventajas, en la parte de atrás hay un amplio campo de fuego. Será una vista panorámica de la muerte de ese cabrón. Vamos a hacer historia —le contestó Santiago desde la ventanilla.

En la tarde, dieron el repaso final de la operación: Armando estaría listo con el FAL, Ramón con el rifle M16 y treinta balas en el cargador, una pistola Browning 9 mm y un *walkie talkie* para estar en contacto con Osvaldo. Santiago tendría la bazuca y los dos Ingrams con silenciadores.

—Osvaldo, vos nos das la señal en cuanto salga la caravana. Repetís en el *walkie talkie* el color del Mercedes en el que salga ese hijo de puta, dejás el quiosco y nos esperás en el lugar que planeamos, por el cementerio. Los demás tenemos veinte segundos para salir de la casa de Julio Iglesias y apostarnos en nuestros sitios. —Todos asintieron. Ramón continuó—: Vos, Armando, salís con la Chevrolet y te ponés a un lado de la acera para estar listo e interceptar la caravana de Eduardo. Yo me quedaré en el jardín de la casa de Julio Iglesias con el M16. Al tener la caravana de frente, mientras yo le disparo al parabrisas frontal, vos, Santiago, le despachás la bazuca para quitarle al Mercedes lo blindado. En ese momento le metemos una lluvia de balas y el cabrón morirá sin confesarse. Ya que estemos seguros de que el hijueputa está frío, nos largamos en retirada en la camioneta. Nos vamos para el cementerio a cambiar de auto. Allí se bajará Santiago para esperar a Osvaldo. Después vos, Armando, me dejás a una cuadra del hotel donde estará Julia esperándome. De allí te seguís hasta el estacionamiento del centro comercial para encontrarte con Susana y marcharte. Ana llegará de Río de Janeiro para encontrarse con Santiago y ayudarle en la retirada.

El lunes 15 de septiembre empezó la vigilia. Ramón, Santiago y Armando, vestidos con overoles de trabajadores, llevaron las armas a la casa base de operaciones, «la casa de Julio Iglesias». Fingirían ser trabajadores haciendo arreglos para dejar la casa lista para el cantante. Ninguno de los tres cargaba identificación alguna. Susana (quien esperaba en un auto en el estacionamiento de un centro comercial) tenía los documentos de Armando, Julia (quien a su vez esperaba en un cuarto de hotel) tenía los de Ramón. Santiago dejó los suyos en su casa de seguridad, ya que tendría que regresar después de la operación.

En la casa de Julio Iglesias esperarían las instrucciones de Osvaldo. La operación se llevaría a cabo con la presencia de Somoza absolutamente verificada.

El martes 16 de septiembre todos tomaron sus puestos. Pasó el día con sus largos minutos y no hubo acción alguna.

UN DÍA ANTES

16 de septiembre de 1980

En la residencia Somoza, esa tarde de septiembre fue de gritos, rabia y celos. Usted ya estaba acostumbrado (así como todos los que convivíamos en su círculo más íntimo). Siempre le montaban esas escenas de cólera. Dinorah lo veía con esa mirada furiosa y arrebatada, mostrando unos celos que rebasaban toda lógica. Usted siempre la mimó y quiso complacerla; a tal grado le soportó esos desplantes que un día, mientras estaban en una cena oficial con un diplomático americano, ella se puso histérica porque usted platicaba atentamente con una de las comensales y despertó tanto su furia que Dinorah le tiró un vaso de agua en la cara. Usted simplemente limpió sus anteojos con la servilleta y le dijo: «Calmate, Dino, al rato platicamos» y se volteó con los invitados diciendo que el ímpetu de las nicaragüenses era a veces desmedido. Así era su figura general, irónica: a veces mostraba una mano rigurosa y se encolerizaba por algo que no le parecía, y, por otro lado, con Dinorah se suavizaba tanto que parecía un hombre dominado. Así eran sus dualidades: defendía su posición de poder, de presidente del pueblo y al mismo tiempo era leal con sus amigos aunque significaran una amenaza a dicho poder. Por ejemplo, cuando Carlos Fonseca Amador fundó el Frente Sandinista de Liberación Nacional, y después de algunos años de vivir en el exilio, al regresar a Nicaragua, siempre estuvo escondiéndose en la montaña, y cuando a usted le llegaba la información de que ya lo iba a detener la guardia (como ocurrió en múltiples ocasiones), le hablaba a su padre y le decía: «Mirá, Fausto, Carlos anda en tal lado y van a llegar a apresarlo, decile que se cuide y que entre en razón». Y así cuidó al hijo de su amigo Fausto hasta que murió en combate, porque con la humedad de la montaña sus anteojos se empañaban y le era difícil la lucha física. Él era la lucha ideológica y sus compañeros no lo entendieron o, más bien, no quisieron cuidarlo porque tenían otra agenda.

Pero volviendo a esa noche del 16 de septiembre y tras la escena de celos acostumbrada, Dinorah tiró las llaves de su Mercedes azul y nadie las encontró. A la mañana siguiente usted iría a una reunión para firmar unos papeles; usaría el otro Mercedes, el blanco, que no tenía blindaje… De esta manera se empezó a tejer el fin de su paso por este mundo.

17 DE SEPTIEMBRE DE 1980

Hora cero: diez de la mañana del 17 de septiembre de 1980.

Lugar: Asunción, Paraguay.

Específicamente: avenida Generalísimo Franco, también conocida como avenida España.

Según datos reportados por la estación meteorológica 862180 (latitud -25.26, longitud -57.63, altitud 101), la temperatura media fue de 10.4 grados centígrados. También reporta que sí hubo lluvia o llovizna (hacía frío para los 30 grados en estándares nicaragüenses).

Desde el quiosco de revistas, Osvaldo divisa la caravana. Ve a dos hombres sentados en la parte de atrás del Mercedes (Somoza siempre solía sentarse en la parte frontal, junto a su chofer). Uno de ellos lee el periódico. Por un instante, Osvaldo no puede reconocer a ninguno. No se puede equivocar, tiene que estar plenamente identificado... La angustia crece... Somoza baja el periódico, enseña su rostro, es identificado plenamente.

Al bajar el diario, el general se muestra a sí mismo. Si no lo hubiese hecho, Osvaldo no transmitiría nada y las posibilidades de cómo acabaría la historia tomarían un sinnúmero de derroteros.

Osvaldo transmite por el *walkie talkie* la señal mortal: blanco… blanco… blanco.

Los miembros del comando tienen veinte segundos para tomar sus lugares.

Ramón se aposta con su M16 en el jardín de la casa de Julio Iglesias.

Armando arranca el motor de la camioneta Chevrolet, sale de la casa de Julio Iglesias y se queda al borde de la acera, listo para interceptar la caravana de Somoza.

El Mercedes Benz se detiene en el semáforo, le toca el rojo (está a unos metros de encontrarse con la muerte). Viene detrás de unos seis vehículos, testigos históricos, por pura casualidad…

El semáforo cambia a verde.

Armando deja pasar unos tres carros y calcula el tiempo del arranque para interceptar la caravana.

El corazón de los tres atacantes galopa sin cesar, la presión arterial y la adrenalina alcanzan niveles elevados, sudan, se despiertan los sentidos.

Punto sin retorno: matamos o nos matan.

El corazón de Somoza, el de Joseph Bainitin (su asesor económico) y el de César Gallardo (su chofer) laten rítmicamente, sin apuros; claro, el del general tiene una dosis de 40 mg de Inderalici. No saben que se acercan a la muerte.

Armando se atraviesa con la Chevrolet.

El Mercedes frena en seco. El corazón de Somoza da un brinco, no importa que haya tomado su dosis de Inderalici; también los de sus acompañantes.

Ramón da la señal a Santiago, la bazuca debe ser disparada para acabar con el blindaje del Mercedes. La bazuca de Santiago se atasca; su cuerpo está helado, sus manos y rodillas tiemblan.

Ramón levanta el M16 a la altura del hombro y dispara sin misericordia.

—Ahora sí estoy haciendo justicia por todas las muertes violentas e injustas cometidas a diario en Latinoamérica, liberando al pueblo nicaragüense. ¡Morí, cabrón hijueputa!

Santiago se arrodilla, saca el proyectil defectuoso y vuelve a cargar el lanzacohetes, se pone de pie y espera de nuevo la señal de Ramón, su compañero está tan cerca del Mercedes que si dispara seguramente lo matará…

Después de la primera ráfaga del M16, el Mercedes se va a la deriva, hacia la casa de Julio Iglesias. Se detiene en la acera, frente a Ramón, quien sigue disparando al asiento trasero.

El Mercedes no es blindado, cada uno de los tiros entra sin freno, matan sin tregua. La custodia de Somoza repele los disparos.

Ramón se protege y da la señal a Santiago para que dispare la bazuca.

—Dale ahora, che. Estás muerto, cabrón, ya no joderás más a tu pueblo.

La explosión es intensa, escuchada por cientos. Retumba Asunción, el techo y una puerta delantera del Mercedes vuelan por los aires, están despedazados.

Los custodios del general se esconden tras el muro de la casa de al lado, ya no tiran más.

A treinta metros, los trozos del cadáver de César, el chofer, quedan regados en el pavimento. Nunca hubiese pensado que daría la vida por Somoza de esa forma. Desde que lo acompañó cuando el general era la cabeza de la Guardia Nacional, César Gallardo probaba su comida y bebida antes que él.

General, ¿hubiese usted preferido una muerte por envenenamiento que morir balaceado a sangre fría? Tal vez el dolor hubiera sido menor, pero la muerte más lenta, un poco teatral y no tan escandalosa.

Somoza y Bainitin quedan muertos en el asiento trasero del Mercedes.

Armando, Ramón y Santiago huyen dejando el cuerpo de Anastasio Somoza Debayle con veinte impactos de bala. Al día siguiente, la policía de Stroessner deja a Santiago con tan solo quince balazos, cinco menos…

Si Dino no hubiese armado tal escena de celos, si las llaves del Mercedes blindado las hubiera tenido César Gallardo, si usted nunca hubiera bajado el periódico y, tomando en cuenta que se atascó la bazuca, ¿cree que habría tenido un margen de maniobra para huir de la muerte? Quizás. Tal vez estaría gobernando de nuevo.

Muchos años tuvo en su poder el curso de la historia de Nicaragua. Si en vez de haberse aventurado a una guerra civil sin tregua, hubiese convocado a elecciones en su debido momento, tal vez nuestro pueblo sería libre.

SEGUNDA PARTE

Las revoluciones las hacen hombres de carne y hueso, no santos, y todas terminan por crear una nueva casta privilegiada.

La región más transparente,
Carlos Fuentes

HOY

A veces dejo de percibir el límite entre la realidad y lo soñado. En algunos momentos cruzo la frontera de lo que viví con lo que platicaban los adultos a mi alrededor... Entonces hay un caos: ya no sé si lo viví o me lo platicaron, o lo soñé o me lo inventé de tanto escucharlo... Lo cierto es que estas ensoñaciones se entretejen con las historias reales. Esas imágenes de «realidad» son transparentes, acuíferas. Viven en mí con una claridad contundente. Sí fueron. Anidan en mis neuronas y se multiplican cuando vuelvo a pisar mi tierra, cuando la respiro, cuando la siento dentro.

Un cambio de vida tan extremo conduce a aferrarte a lo que tenías antes. Te cuelgas de tus memorias ¿o te colgás de tus memorias? Añoras y vives en ellos ¿o añorás y vivís en ellos? Es todo tan simbiótico. Soy una. Formada por muchas. La que habla en mexicano, pero que en automático puede cambiar al nicaragüense. Mis dos acentos podrían ser mis dos lenguas maternas.

Mentira: nicaragüense es la materna, con la que nací y viví hasta que tuve once años. Hasta que la crueldad, las risas y burlas de los otros chavalos me obligaron a aprender el mexicano. Ese «cantadito» que tanto gusta en mi tierra y que a los locales les pasa desapercibido. El acento mexicano es el adoptado.

En mi intimidad hablo nica.

Perdón, hablábamos de los recuerdos...

Mis recuerdos no son de nadie más.

Son únicos y los celo.

Son exageradamente nostálgicos. Aunque pensemos distinto, todos los exiliados (exiliados a fuerza, no por decisión propia) vivimos en la nostalgia, en el ayer, en lo que pudo ser. Compartimos ese amor por la patria y la tristeza de que no importa la cantidad de años que pasen, ni los sacrificios de muchos, ni los ríos de sangre: los descalzos siguen estando descalzos y la sangre sigue corriendo como un río caudaloso, ¿y los odios? Seguirán colgados de muchos corazones...

He empezado a contar la historia del mítico personaje desde la piel de sus enemigos, pero también quiero hacerlo desde otras pieles, la de sus amigos íntimos, la piel de los que lo odian sin haberlo conocido y la de los que lo admiran. Desde mis recuerdos niños y vivencias con él hasta mis reclamos por vivir en el desarraigo, por quitarme la tierra en la que nací. Cada piel juzga, agradece y protesta a su manera. Al final comprenderemos que una persona es muchas, que puede ser amada y a la vez odiada. ¿Qué me será revelado?, ¿que fue injusto el exilio?, ¿que la tierra la llevo por dentro en donde me encuentre?, ¿que me he convertido en ciudadana del mundo?, ¿que la guerra y las carencias me hicieron crecer como persona?, ¿que valoro de una forma muy especial a mi familia?, ¿que la libertad es una condición indispensable para ser?, ¿y mi país?, ¿que la revolución quitó a un dictador para instalar a otro?, ¿está el pueblo en mejores condiciones que antes?

Así, poco a poco y cambiando de pieles, relataré los acontecimientos alrededor de los últimos años del general Anastasio Somoza Debayle y veré si de esa manera puedo contestarme y hacer las paces con mi pasado.

VIAJE POR CARRETERA

12 de diciembre de 1972

—¡Niñas, despierten!, miren para atrás y despídanse de Managua; a lo mejor es la última vez que la ven así —dijo mi papa (no *papá*) mientras estiraba el brazo para menearnos. Siempre ha tenido facultades premonitorias, pero en este caso nos sorprendió como nunca… Jamás imaginé que sería la última vez que vería mi Managua colonial, la vieja, la bella.

Once días después, el 23 de diciembre, estaría sepultada bajo los escombros por un devastador terremoto y el centro de mi ciudad no se levantaría jamás, allí siguen los terrenos desolados.

En este viaje en particular, mi papa decidió que nos fuéramos por tierra; teníamos tiempo, tres semanas completitas y quién sabe por qué razón se le ocurrió que tenía ganas de manejar de Nicaragua a México. Ese 12 de diciembre, día de la Virgen de Guadalupe, salimos de madrugada. Además de la familia nos acompañaba nuestra *china*, la Blanca. Mi papa manejó todo el día y justo llegando a Arriaga (en Guatemala) se le bajó una llanta al Mercedes, así que nos paramos para arreglarla. Dormimos en la frontera de Guatemala con México (del lado guatemalteco). Al día siguiente retomamos nuestro viaje. Al cruzar la frontera mexicana, los oficiales de migración revisaron todos nuestros papeles. La familia recibió el visto bueno, pero Blanca, quien traía todos sus papeles en regla (pasaporte nicaragüense y visa mexicana) tuvo suerte de tener cara de empleada doméstica y los oficiales le dijeron a mi papa que ella tenía que hacer un «examen» para entrar a México. La pobre *china*, que no sabía ni leer ni escribir, no pudo pasar el mentado examen. Las autoridades mexicanas le dijeron a mi papa que no podían permitir la entrada de Blanca porque, a pesar de que traía todos sus papeles en regla, era analfabeta y pues ese tipo de personas no eran gratas en México. El hecho de no saber leer ni escribir tenía un precio: el analfabetismo de la Blanca costó cien dólares. Después del percance en la frontera norte (desde nuestra perspectiva nicaragüense) seguimos hasta Alvarado, allí pernoctamos. Al amanecer, partimos a Veracruz y pasamos por Córdoba a visitar a una amiga de mi mama (no *mamá*), para luego partir, ya sin escalas, a la Ciudad de México.

Los viajes por carretera son muy ilustrativos; se pasa por lugares con olores y sabores muy propios, de esos que solo se repiten al volver a ese lugar en particular. El paisaje quita el aliento y el clima cambia de acuerdo con las horas de viaje; en México hace muchísimo frío y debemos llevar nuestros abrigos. En ese entonces nadie se ponía el cinturón de seguridad, creo que ni siquiera los había en la parte trasera de algunos autos. Recuerdo con nostalgia bajar la ventana y sacar la mitad de la cara sintiendo el viento de frente. Con el aire, se hacían la mar de fuertes los latigazos de mi propio pelo alrededor de mi rostro; me gustaba chuparme las puntitas mientras todo lo demás se despeinaba sin ton ni son.

TERREMOTO

23 de diciembre de 1972

Había sido una noche de relativa calma, con la salvedad de que el cielo estaba rojo y la luna tenía una casa de luz que la envolvía extrañamente. Mis dos chigüines se durmieron más o menos a las ocho. Como al día siguiente era sábado y no tenían que ir al colegio, no tenía apuro por dormirlos, normalmente se acostaban como a las siete. Esa noche les di de cenar un gallopinto con queso duro rallado, con un pancito de bastimento y una leche con cacao. Saqué los uniformes de la ropa sucia y los puse a enjuagar en una pana con detergente. Desenganché la ropa que tenía guindada y me puse a doblarla. Me fui a la cocina y preparé unas repochetas. Las dejé listas nada más para freírlas en cuanto llegara mi marido. Preparé un pichel de chicha y lo guardé en el refri, ya saben que en el calorón de Managua todo se descompone si se deja afuera. Mi marido llegó como a eso del cuarto para las nueve. Le di de cenar las repochetas con gallopinto y el pichel de chicha. Después se cambió los zapatos por unas chinelas de gancho y nos sentamos en las mecedoras a ver pasar a la gente. Así estuvimos, ric rac, ric rac, ric rac, en las mecedoras, fumándonos un cigarrito y platicando con los vecinos hasta que nos vino el sueño. Antes de acostarme pasé a revisar a los chavalos y estaban bien dormiditos. Mi cuarto estaba a solo unos pasos del de ellos, solamente nos separaba una pared. Llevábamos un rato dormidos cuando en eso se empezó a sentir el bamboleo y la tronadera.

—Amor, ¿estás sintiendo? ¡Despertate, temblor! —le grité a mi marido mientras lo zangoloteaba. Él ya estaba despierto y con las charolas peladas.

—Se está moviendo un vergal.

—Vamos a traer a los chavalos. Ayudame.

—No encuentro mijueputo pantalón.

—¡No me jodás, salite así, qué carajos importa el pantalón!

—¡Esta chochada está cabrona!

—¡Dios mío, mi lindo!

—¡Los chavalos!

—¡Santo-Dios-santo-fuerte-santo-inmortal!

Ya no estábamos en la tierra, parecía que nos encontrábamos en medio del mar mecidos brutalmente por el oleaje. Traté de caminar hacia la puerta para ir al cuarto de mis hijos, pero todo se desbarataba, era una oscurana total, escuchaba el ruido de la tierra y una quebrazón de cosas. Caminé hasta el pasillo. Se sentía que un tren estaba pasando arriba de nosotros. Me caían ladrillos por todos lados, dejé de oír a mi marido; él venía detrás de mí. De pronto me sentí atrapada, tenía algo enorme encima de mi pierna derecha y no podía moverme. Había tanto polvo que tosía como loca y me ahogaba. Me ardían los ojos. Le grité a mis hijos con todas mis fuerzas, pero ni yo misma me escuchaba por encima de tanto ruido. Estaba desesperada, asustada y brava. Traté con todas mis fuerzas de quitarme de encima lo que me detenía. Imposible. Estaba metida como en una cueva oscura y llena de tierra. Volví a gritar con las fuerzas que me quedaban. La tierra dejó de moverse. Poco a poco amainó el ruido. Le grité a mi marido, mas no me contestó. Fue cuando oí a uno de mis chigüines entre gritos y llantos. Lo llamé, pero tampoco respondió; yo seguía escuchando sus alaridos. Estaba desorientada, no sabía en qué lado del pasillo me encontraba ni tampoco dónde podría estar el cuarto de los chavalos. El lamento me venía de cerca, aunque se escuchaba apagado. Perdí la noción del tiempo. Iba y venía de la realidad al sueño. De vez en cuando estaba consciente de escuchar el llanto de uno de los chavalos y eso me daba esperanzas, pero a la vez me aterraba la idea de que también estuviera atrapado.

—¡Dios mío, llevame a mí, pero salvá a mis chavalos!

Empezó a dolerme la cadera. Sentí la pierna entumida y fría y un relámpago de dolor me subía por la columna hasta el cuello. Me castañeaban los dientes. De la cintura para arriba quedé libre, aunque en un espacio muy pequeñito. Con mis dos manos traté de escarbar alrededor de mis piernas; era tanta mi desesperación que me arranqué las uñas. Lo peor era que con tanta apretazón no había para dónde hacerse ni para dónde echar la tierra. Me entró un miedo horrible. Era como estar viva en una tumba. Me faltaba el aire. Tenía la garganta seca y no podía tragar. ¿Cómo estarían mis chavalos y mi marido?

—¡Diosito, por favor, te suplico que me los cuidés, que ya estén afuera, cuidámelos, que se encuentren sanos y salvos; vos podés darme la oportunidad de salir de esta y cuidarlos! —no dejaba de rezar.

Me venían ráfagas con olor a gas. Me quedé dormida, no sabría decir cuánto tiempo, pero, cuando desperté, me sentía muy débil. El corazón me latía aceleradamente, daba la sensación de salírseme del pecho. Fue en esos momentos cuando perdí toda esperanza de salir con vida. Lo único que me importaba era que mis hijos estuvieran bien. Estaba inmensamente cansada. En eso escuché su voz:

—¡Mamita!, ¡mamita!, ¡mamita!

—¿Sos vos, Leonel?

—Sí, mamita, ayudame, por favor.

—Mirá, amorcito, estoy tratando de zafarme; ya te ayudo, no te preocupés, ya voy, ya voy. —Lloraba de desesperación de no poder levantar la losa, de sentirme cada vez más débil y no poder ayudar a mi niño.

—Está todo oscuro y tengo miedo, apurate, mamita.

—Ya voy, papito, tené fuerzas y esperame. (¡Dios mío, no me hagás esto, sacá a Leonelito, te lo suplico por favor!). ¿Sabés dónde está tu hermano?

—No, mamita, no veo nada, pero apurate, te lo ruego.

—¿No lo viste salir?

—No sé, vení, por favor. Vení ya, vení ya.

—Ya voy papito, ya voy.

Nunca había sentido una angustia ni una desesperación tan grandes. No paré de escarbar la tierra a mi alrededor, no pararon mis manos de sangrar, quería llegar a Leonel donde quiera que estuviera. Quería abrazarlo y decirle que no tuviera miedo, que estábamos juntos, que su mamita lo protegía.

Se puso todo negro.

Lo último que recuerdo fue oír unos ladridos y ver unas luces como de linternas.

Un rostro sucio y cansado me dijo: «Va a estar todo bien».

La vida ya nunca estuvo bien..., hubiera preferido morir junto con mis hijos que vivir sin ellos...

El terremoto que destruyó el corazón de Managua fue a las 12:35 a. m. del sábado 23 de diciembre de 1972, con una magnitud de 6.2 grados en la escala de Richter. Se calcula que murieron diez mil personas y que veinte mil resultaron heridas.

El epicentro estuvo en el lago Xolotlán, dos kilómetros al noreste de la planta eléctrica Managua y a solamente cinco kilómetros de profundidad, a flor de piel, con lo que no dejó piedra sobre piedra.

Desde entonces el centro de Managua no existe.

Todo es periférico.

Se activaron las fallas geológicas de Tiscapa, Los Bancos, Chico Pelón y del Colegio Americano Nicaragüense. Se sintieron dos fuertes réplicas; la primera a la 1:18 de la mañana, y la segunda, dos minutos después (por si el infierno pareciera poco).

Se dañó noventa por ciento de las viviendas, se fue la luz, los tubos de agua se reventaron, hubo un sinfín de calles agrietadas e incendios.

Setenta y cinco por ciento de las casas de Managua se colapsaron totalmente. Doscientos ochenta mil nicaragüenses se quedaron sin hogar.

Se dice fácil.

Se escribe rápido.

Pero es un desastre que duele para siempre.

Se destruyeron nueve de cada diez comercios. La Cruz Roja se desplomó aplastando ambulancias y medios de socorro. Esto imposibilitó las labores de rescate.

Se cayó la casa presidencial. A pesar de ello, y en medio de tanta confusión, usted se proclamó jefe del Comité Nacional de Emergencia y decretó la ley marcial. Ordenó evacuar la ciudad con el fin de evitar una epidemia. Hubo entonces un éxodo de personas que con rostros cansados, tristezas inauguradas y amores faltantes congestionaron los caminos hacia León y Masaya. A pesar de la ley marcial, los saqueos a bodegas, supermercados, tiendas, colegios e iglesias no se hicieron esperar. Se habilitaron fosas comunes para sepultar a las víctimas.

El mundo entero apoyó a Nicaragua en esta tragedia de proporciones gigantescas. La Cruz Roja Internacional envió toneladas de ayuda al pueblo nicaragüense.

Al paso de los años usted aseguró que nunca se malversaron los fondos del terremoto. Sin embargo, hay relatos de personas que se acercaron a sus humeantes viviendas, aseveran que la Guardia Nacional saqueaba los escombros y se llevaban lo poco o nada que les quedaba.

Cómo duele tener hijos malcriados, ¿hasta qué punto somos responsables de lo que decidan hacer de sus vidas?

Usted afirma que de todos los arqueos que se llevaron a cabo, ninguno reporta usos indebidos o malversaciones respecto a la ayuda oficial de Estados Unidos. A pesar de ello, sí admitió que se dieron algunos saqueos por parte de oficiales del ejército (que, según usted, fueron castigados). Lo cierto es que se cercó el centro de Managua como área de desastre y se demolieron los últimos vestigios de la Managua colonial. La tierra fue declarada propiedad del Estado y por un decreto de la Junta Nacional de Gobierno se prohibió la reconstrucción.

Casi cuarenta y seis años después permanecen allí la desolación y las historias de vida de tantos nicas que perecieron un día antes de Nochebuena... Si tan solo pudiéramos escucharlos...

ANTECEDENTES FAMILIARES

¿Cómo fue que mi familia nuclear vivió en primera fila y de manera tan íntima los últimos años de vida del general Anastasio Somoza Debayle? ¿Por qué puedo relatar en primera persona esos fines de semana que pasé a su lado?

Pues el tema se remonta a la familia de mi abuelo materno, los Argüello. Ellos siempre habían sido partidarios de los liberales, e incluso mi bisabuelo brindó apoyo a un precandidato del partido liberal que contendió contra Anastasio Somoza García para la candidatura del partido a la presidencia. Dicho candidato perdió. Por esos años, el sueño de mi abuelo era ser piloto, pero el bisabuelo quería que estudiara negocios para que se dedicara a manejar su cadena de transportes; no le pagaría los estudios si no se dedicaba a lo que él quería. Mi abuelo se rebeló y la única forma en que consiguió estudiar lo que anhelaba era enganchándose en la fuerza aérea. Así lo hizo. En 1946, al morir su padre, mi abuelo, quien ya era teniente de la fuerza aérea, pidió permiso a la milicia para ausentarse y rescatar los negocios de transporte de la familia. En 1947, con la venia de Anastasio Somoza García, Leonardo Argüello fue elegido como presidente de Nicaragua; este, al tomar el poder, dijo en su discurso inaugural que no se dejaría arrastrar por la costumbre y la tradición, dándole así la espalda a Somoza García. Las medidas tomadas por el nuevo presidente no fueron bien recibidas por los hijos de Somoza García, Luis y Anastasio, que organizaron un golpe de Estado. En ese proceso, Anastasio Somoza Debayle concentró a la milicia y le habló para que regresara de su ausencia a mi abuelo, quien le contestó: «Ningún culito cagado me va a venir a decir qué hacer». Esas fueron las palabras que sellaron su destino: mi abuelo tuvo que estar resguardado por un año en la embajada de Guatemala en Nicaragua, ya que era perseguido por Somoza Debayle. Después de ese largo año y por intercesión de Aurelio Montenegro (cuñado de mi bisabuela materna), Somoza García le permitió salir de la embajada, con la condición tajante de que, en vez de irse a trabajar a una línea aérea comercial, se quedara en la fuerza aérea. Pasan algunos años y lo ascienden a capitán. A la muerte de Somoza García sube al poder Anastasio Somoza Debayle y es allí cuando se desquita de aquella conversación y congela a mi abuelo: los muchachos que él instruía como pilotos recibían los nombramientos que seguían en el escalafón militar, mientras que mi abuelo seguía en el mismo lugar. En 1966 Somoza Debayle exilió a mi abuelo y lo mandó como agregado militar a la embajada de Nicaragua en México. El abuelo se deprimió porque le cortaron las alas para seguir volando y lo alejaron de su patria amada. Más tarde lo nombraron cónsul general de Nicaragua en México. Para las Navidades de 1972 (las del terremoto), el general Anastasio Somoza mandó a su pareja, Dinorah, a realizarse un chequeo médico a México y la encargó personalmente al cuidado de mis abuelos. Mi abuela estaba aterrada porque ella era amiga de años de Hope de Somoza, la esposa del general.

Allí es donde empezó todo…

ENFERMA EL CORAZÓN DE MI PAPA

Algunas semanas después del terremoto de 1972

Mi papa sufrió su primer infarto y desde entonces mi mama vivió la mar de asustada. Todo comenzó con el estrés de la destrucción de la ciudad y de varias casas de sus hermanos, quienes se vinieron a vivir a la nuestra. Mi papa estuvo trabajando de sol a sol en la zona destruida y pasaba días enteros cerca del centro de la ciudad sin probar bocado, ya que el área estaba acordonada y no se permitía el paso, así que no tenía ni agua ni comida. En medio del trajín sintió un fuerte dolor en el brazo y falta de aire. Se regresó inmediatamente a la casa. Mi mama lo vio llegar y salió a la calle en busca de ayuda. Caminando casi frente a la casa pasó el doctor Luis Humberto López, mi mama lo detuvo y entró a revisarlo. Le puso la oreja en el pecho y le dijo que era algo serio y relacionado con el corazón. Llamó por teléfono a varios médicos, pero todos estaban fuera de Managua por el desorden del terremoto. El único que contestó (y por suerte) fue el doctor Aarón Tuckler. Se presentó inmediatamente en la casa. Examinó a mi papa y le tomó un electrocardiograma con un aparato de baterías que traía en su auto, ya que su consultorio se había derrumbado.

En un principio el diagnóstico fue «reposo absoluto por una inflamación en la envoltura del corazón»; médicamente le llamaban «pericarditis». El doctor le dio a mi mama todas las recomendaciones para el cuidado del enfermo (dieta, reposo, nada de esfuerzos) y lo mantuvo en la casa porque todos los hospitales estaban a tope o derrumbados. El cardiólogo lo visitó dos veces al día. Al cabo de un mes y viéndolo un poco más repuesto le dijo a mi mama:

—Mirá, Ligia, lo que tu marido tuvo fue un infarto, no una pericarditis. No te lo había querido decir para no preocuparlos. Ya pasó la fase crítica, pero ahora que está un poco más repuesto debés llevarlo a Miami a que le hagan estudios y que complete su recuperación.

En Miami fueron acogidos en casa de Carlos Leonel Somoza y pasaron ahí un mes. Justo después del terremoto, mi hermana y yo nos quedamos en México con los abuelos y mis papás se habían regresado a Nicaragua para ver cómo estaban las cosas. A causa del infarto, volvimos a ver a mis padres después de ocho largos e interminables meses.

El tema del ataque al corazón terminó por unir definitivamente a mi papa y a Somoza, ya que, cuando le tocó al general sufrir esa experiencia en carne propia, en julio de 1977, fue su guía y ejemplo para salir adelante.

Con el asunto cardiaco el general no se andaba por las ramas. Su hermano Luis había muerto de un infarto a los cuarenta y cuatro años de edad y eso no lo olvidaba nunca (claro que, entre tanto chisme, hubo algunos que lo culparon de esa muerte). Todas las mañanas hacía los ejercicios de la Fuerza Aérea Canadiense, los mismos que hacía mi padre y que luego hice yo porque me gustaban el librito y las figuritas. El día previo al infarto del general, después de hacer los ejercicios y al conducir su auto a la oficina, sufrió un dolor en el codo izquierdo. Al día siguiente, mientras realizaba los ejercicios, le faltó la respiración y se le cerró la garganta. Se dio un baño. Pensó en continuar corriendo, pero tuvo una sensación de calor que le quemaba y le recorría el pecho. Se estaba infartando. Lo vieron los doctores Bernheim y Aarón Tuckler (los mismos que habían visto a mi padre unos años antes), y se hicieron cargo de la situación. Lo trasladaron a Miami y allí pasó casi un mes y medio internado en el hospital. No lo dejaban moverse ni tener contacto con el exterior. Mientras el general se encontraba convaleciente, el ministro del Interior, Antonio Mora Rostrán, fue presidente interino de Nicaragua. Al general le dieron un programa completo de rehabilitación. De esta forma regresó a Nicaragua y a la presidencia. Las primeras semanas tras su regreso estuvo en Montelimar, sometido a un régimen de vida que le devolvió la salud. Limitó su dieta, perdió peso, tomó sol y realizó los ejercicios que le encomendó el doctor.

TARDES DE MAR

Finales de 1977

General, usted miraba fijo, así como miran los hombres de mi tierra. Recuerdo innumerables fines de semana que pasamos juntos, ya fuera en Montelimar o en Puerto Somoza. A mi hermana y a mí nos quiso tanto... Por las tardes, en la puesta de sol, hicimos largas caminatas en la playa. A diferencia de las caminatas de la mañana (que eran para hacer ejercicio, dirigidas por Bárbara, la enfermera), las de la tarde eran para enredar los pensamientos. Ser. Relajarnos. Jugar con la arena, el mar y los colores del atardecer. Algunas veces caminábamos lento y reíamos, otras, nos echábamos carreras y usted era el árbitro. También jugábamos rayuela. A mi papa le encantaba tomar fotografías, desde entonces cargaba con su cámara a todos lados, una Vivitar a la que se le abría una puertita para cambiarle el rollo. Tengo una foto de una tarde en la que habíamos hecho una rica caminata. Su cuerpo sale de perfil, pero su rostro ve directamente hacia el teleobjetivo; yo estoy detrás de usted haciendo graciosadas. Irónicamente, en ese pedacito de Nicaragua, tan suyo, tan nuestro, se sentía paz, se escuchaban las olas rompiendo y burbujeando en la arena marrón. Me encantaba verlo con su polo blanca, los pantalones azules y el cinturón café con rayitas de colores. Los zapatos tenis siempre nítidos, perfectos, aunque camináramos en la arena. Seguramente un ordenanza se encargaba de limpiarlos cada vez que les entraba algo de tierrita. Regresábamos con las manos llenas de conchitas, de esas como caracolitos, que sirven para hacer collares. Llegué a tener una colección envidiable, adoraba enseñarlas en el colegio; a mis amigas les gustaba encontrarles formas a las manchitas. Usted regresaba contento, justo a tiempo para cenar, platicar y ver la película del fin de semana. Le gustaba mucho el cine. Cuando gritaba: «¡Ordenanza, que venga el peliculero!», este se apresuraba con la selección del día. Era una hojita escrita a máquina con seis películas para escoger. Resguardadas en grandes empaques de metal, las ponían en una máquina que hacía tic-tic-tic y le salía airecito por los lados. Usted siempre pedía la clasificación y preguntaba si era apta para las niñas (mi hermana y yo). La mayoría no eran subtituladas y estaban en inglés, por lo que había que poner muchísima atención. Siempre escogía algo que pudiéramos ver, aunque a media película mi hermana se quedaba dormida y mi papa tenía que chinearla hasta la cama. Me hacía gracia que los adultos escogieran películas aptas para nosotras, cuando por toda la sala vivían regadas las revistas de *Playboy*. Cuando las hojeábamos nadie nos decía nada… Recuerdo las fotos de aquellas mujeres desnudas en poses exóticas enseñando cuánta nalga y cuánta teta tenían. Yo, plana como tapia, me preguntaba si alguna vez en mi vida me crecerían los pechos hasta ese tamaño.

¿Existe ese superpoderoso que dispone de la vida de otros sin ningún remedio? Viví junto al «poder» y él arrastró mi vida como una ola gigante; me subieron al barco y ni siquiera me preguntaron si quería navegar. Llevaba la vida de cualquier niña de mi edad: iba al colegio, tomaba mis clases de guitarra, las de folclor, jugaba beisbol, andaba en bicicleta, trepaba árboles y los fines de semana los pasábamos con el general y, mientras tanto, yo seguía jugando. Me asombra que una persona tenga la capacidad de decidir por un pueblo y las generaciones que le siguen. Que una sola persona tenga el poder de cambiar el rumbo de tantas vidas.

LA DINO

Se llamaba Dinorah Sampson Lagos. Ella ocupó su mente, general. Me imagino los enredos que traería usted en la cabeza; mientras pensaba en el mujerón que tenía a su lado (era espectacularmente atractiva), también pensaba en las estrategias que seguiría para acabar con la guerrilla y defender a su Nicaragua. Dicen por allí que la conoció en una fiesta privada para oficiales de la Guardia Nacional, en la finca Las Mercedes; otros dicen que se la presentaron en un funeral. ¿Qué sintió cuando la conoció? Me supongo que esa atracción propia de las mujeres sensuales, bellas e inteligentes. De esas mujeres que se saben peligrosas y por eso lo son, esas mujeres que dejan huella cuando pisan y que siempre atraen las miradas de todos. A pesar de que la conocí siendo yo una niña, no me cupo la menor duda de que tenía «algo». Le digo que a mí me caía bien, reíamos mucho y nuestras energías fluían. Usted quedó prendado de ella y su relación duró hasta que Ramón disparó esas veintiocho balas sobre usted, allí en la avenida España; por cierto, cuando ella llegó al lugar del atentado, gritaba y lloraba desesperadamente; me supongo que por amor y por arrepentimiento...

Seguro que ella le puso a usted el ojo encima sin dudarlo: era un hombre muy galán, el más poderoso y rico del país. Las malas lenguas (y mire que abundan) hasta dicen que ella pertenecía a un círculo de «damas alegres». A mí no me consta.

Pues no sé si la sensualidad y el magnetismo son requisitos para formar parte de un selecto grupo de cortesanas, o por el hecho de estar en esos círculos se aprenden muchas mañas; esas cosas siempre me han dado mucha curiosidad, esas mujeres son las que más se divierten y, además, saben todo de todos. Son las más criticadas por hombres y mujeres, pero, en el fondo, son también las más envidiadas (y deseadas, ya sea de paso, tanto por ellas como por ellos). Usted la conoció siendo franca y sencilla. Sin embargo, según algunos —¿no le digo?, abundan los chismes—, Dinorah exigía un porcentaje de dinero por conseguir cargos y nombramientos dentro de la Guardia Nacional. Dicen que frente a ella desfilaron embajadores, ministros, viceministros y un sinnúmero de altos oficiales de la Guardia para pedir favores, claro, a cambio de una buena tajada. Y fíjese de lo que uno viene a enterarse de la gente que le cae bien..., probablemente era un secreto a voces que ella era bien aprovechada. Seguramente esa fue una de las causas de que la gente le tuviera mala leche.

A veces el amor es ciego; otras veces se hace de la vista gorda para que no nos duela la decepción. A nadie le gusta que el amor duela, pero duele.

MARIMACHA

Todo fuera como agarrar un bate de beisbol y anotar muchas carreras. Rodrigo me mira con esos ojos de «me caés mal, pero me gustás». Me odia porque siempre le gano en las carreras de velocidad y en el beis. Una tarde que nos agarramos a golpes le dejé un ojo morado. Después se le puso verde y luego mutó a un amarillo todavía-me-duele. La pomada que le embarraban a diario hacía que el ojo se le viera vidrioso y llorón. Lo que en realidad le dolió más fue el orgullo, porque él toma clases de karate y yo de *ballet*, y en la pelea él vestía su *karategi* y yo mis mallas... Pero ni modo, tengo una patada buenísima y a veces hay que probarla, además, me encanta pelearme a golpes. Allí es cuando me sale lo incansable. Lo guerrera. Entro en un estado de delirio. No me para nada. Podría correr y pegar sin parar. Para Rodrigo sería mejor que me gustaran los juegos de niñas, como la comidita, pero, como dice la abuela, «la niña salió marimacha», mientras me mira los codos y las rodillas siempre raspadas.

No hay día que pase sin subirme a los árboles y llenarme de tierra; además, sueño con orinar de pie. Adoro ser niña, mas me encantan las actividades de los hombres, son mucho menos complicadas. Ellos nunca te hacen la ley del hielo y siempre te dicen las cosas de frente. A Rodrigo se le pasan los enfados rapidísimo. Hoy le pego y mañana es mi amigo otra vez. Mi mama dice que está enamorado de mí porque el día que salí en el periódico, cuando bailamos con la compañía de *ballet* de Lilian Molieri *El lago de los cisnes* en el Teatro Rubén Darío, le dijo a su papa que le comprara varias copias del periódico y tapizó su cuarto con los recortes de mis fotos. Cuando me lo contaron morí de vergüenza, no me atrevía a ver la cara de sus papás. Pero ellos también, ¿para qué le hacen caso? Cada vez que me acuerdo de esto me arrecho y me dan ganas de dejarle morado el otro ojo...

Otro juego que me gusta mucho es el de la misa. Desde que murió mi abuelo paterno, el violinista, tuvimos que ir nueve días seguidos a oír misa (además de los domingos de rigor) y me aprendí todo lo que dice el cura. En mi juego, preparo las ofrendas. Voy a la cocina por el pan. Todas las mañanas lo trae el panadero en su bicicleta con una canasta inmensa. Es todavía temprano; sin embargo, el panadero ya huele mucho a sajino; quizá sea el sudor de muchos días seguidos impregnados en su camisola. Los panes vienen todos pegados de lado, como en marimba, tapados con un trapo rojo gigante. El vino lo saco del bar de mi papa. Usamos una botella de Dry Sack y vertimos un poco en una copa grande y chaparra. Huele a misa. Colocamos las ofrendas sobre una mesita y empezamos a jugar. Yo me visto con una bata blanca y siento a todos mis feligreses, entre ellos, mi hermana y la Darling, quien es hija de la *china*. Todas me prestan mucha atención y obediencia. En el sermón les digo que se porten bien, que no se peleen, que no hagan travesuras, que obedezcan, que estudien para que les vaya bien en el colegio, que le ayuden a las *chinas* en las tareas de la casa y cuanta cosa se me ocurre para que mis feligreses alcancen la gloria celestial. Pido por que los hombres no se maten y que se termine la guerra. Me imagino a los sandinistas como demonios queriendo acabar con la creación y me da miedo. Mi momento es la consagración. Allí es donde pongo todo mi esfuerzo y mi fe, soy la hija de Dios que con sus poderes realiza el milagro. Me imagino la copa rebosante de vino transformada en sangre. Espesa, con sabor a tierra y monedas. Lo mejor llega al momento de comulgar, cuando digo: «Esta es la sangre de Cristo». Formados en una fila, les voy dando pan y vino. Cuerpo y sangre.

Da miedo comer cuerpo.

Se antoja tomar sangre.

Se nos perdonan los pecados.

¿Por qué las mujeres no podemos ser curas? Quizá para cuando crezca ya den permiso… (al fin que practiqué mucho).

PEDRO JOAQUÍN CHAMORRO

Enero de 1978

A usted no le convenía la muerte de su enemigo político número uno. Todos sabían que, si algo le pasaba a Pedro Joaquín Chamorro, de inmediato le echarían la culpa a usted o a su gobierno. Varias veces lo oí vociferar que Pedro Joaquín se tenía que cuidar, que andaba como si nada por las calles porque se sentía protegido por la fuerza de La Prensa, *pero para usted era muy preocupante. Desde la oposición, él vigilaba a su administración y «servía de recordatorio a los servidores públicos para que no se salieran de la línea correcta». Su táctica eran ataques diarios en contra suya. Usted aseguró que Chamorro participaba en una conspiración desde Washington para derrocar a su gobierno. Para usted, Pedro Joaquín era el símbolo del antisomocismo. Su muerte sería como la muerte de un mártir, por lo que él era el último hombre de Nicaragua a quien usted quería ver sin vida.*

Chamorro y usted estudiaron en la misma escuela primaria y hasta de niños tuvieron problemas. Se pelearon muchas veces a puñetazos y usted decía que Chamorro nunca pudo ganarle. Expresaba que, desde esa época, Chamorro albergó sentimientos de hostilidad en su contra.

Usted no lo sabe, pero hasta hoy no sabemos a ciencia cierta cuál de sus enemigos políticos lo mandó a matar, pero, ¡ay, cómo es la gente de chismosa!, dicen que, cuando el río suena, es porque agua lleva. Fue un acto magistral en contra suya. Fue la gota que derramó el vaso de la dictadura somocista... Pero vamos por partes, que hay una infinidad de actores implicados en este lío. Usted murió pensando que todo el enredo había sido provocado por la sangre y sus vampiros; no obstante, hay otras versiones en las que se dice que el asesinato se decidió en Cuba, con participación del FSLN, *con el fin de dar un golpe contundente a su dictadura y reactivar políticamente al Frente (aunque le parezca sorprendente, hasta* La Prensa *publicó esta teoría recientemente).*

La plasmaféresis (también conocida como *recambio de plasma*) es una técnica que permite la separación por centrifugación de la sangre en sus dos componentes: celular y plasmática. Una vez extraída y reconstituida, se puede utilizar en pacientes que lo necesiten. El Departamento de Salud de Estados Unidos había certificado a Nicaragua con los estándares de salud y nutrición óptimos para permitir operar un negocio de esta envergadura. Aquí es donde aparece el doctor Pedro Ramos, mejor conocido como el Vampiro (bautizado así por Pedro Joaquín en *La Prensa*). Ginecólogo de profesión, cubano, perteneciente a la estampida anticastrista. Supo que dar consultas y traer niños al mundo no le dejaría tanta plata como otro negocio algo más vampiresco: comprar la sangre de gente muy pobre, en su mayoría indigentes y borrachitos, para luego procesarla y exportarla a Estados Unidos. Cuajó el negocio redondo: comprar barato y vender caro, ¿el producto? La sangre nicaragüense *(que si de por sí ya se estaba derramando, ¿por qué no empaquetarla?)*. No nos podemos imaginar la calidad del producto de exportación. En esa época no se hacían estudios ni se tomaban medidas de control de calidad de la sangre como se hace ahora. En nuestros días la sangre no se vende y es casi imposible cumplir con todos los requisitos cuando de donaciones se trata: ayunar, pesar más de cincuenta kilos, no tener infecciones, no tomar medicamentos, no estar enfermo, no haberse vacunado un mes antes, no haber padecido hepatitis y otras enfermedades (mentales, sexuales y de otras índoles), no haber ingerido bebidas alcohólicas, no tener actividades de riesgo (sexo con homosexuales, bisexuales, prostitutas; no haber sufrido violaciones), no tener tatuajes, en fin, una gama de trámites casi imposibles de cumplir.

A usted le presentaron al doctor Ramos unos conocidos anticastristas suyos. Ramos le hizo saber por medio de unos contactos que tenía el interés de montar ese negocio en Nicaragua. Usted le contestó que, si era lícito en Estados Unidos, también era lícito en Nicaragua y que era bienvenida la inversión extranjera. Ya con su venia, el cubano buscó un lugar donde montar el negocio.

Un tal Dudkiewicz, quien manejaba varias de las propiedades de la sucesión Somoza, lo puso en contacto con las personas que manejaban una bodega donde era la antigua desmontadora Los Manguitos, misma que le alquilaron para instalar el plasmático negocio. Según su hijo Tacho, y en entrevista reciente, esta fue la única relación que usted tuvo con el doctor Ramos; sin embargo, repito que, cuando el río suena, es porque agua lleva y en el periódico La Prensa *se publicó que usted era socio de la empresa vende-sangre nica nombrada Plasmaféresis.*

La entrada tenía un portón de rejas que estaba abierto de seis de la mañana a tres de la tarde. De seis a diez se recibía a las personas que querían vender su sangre y de diez a tres se realizaba el trabajo administrativo. Había una pausa de doce a una para comer.

La recepción era el dominio de Tere Sánchez. Ella se encargaba de recibir a las personas y darles unas fichas para que pasaran con el doctor. Se les hacía una pequeña revisión para después recostarlas en unas camillas y que empezara la desangrada. Cuando la persona terminaba, regresaba a la recepción; allí le daban un jugo de naranja junto con su plata. Según los lineamientos de la empresa, una misma persona podía vender sangre una vez cada dos meses, pero los borrachitos e indigentes insistían en volver cada quince días. Y pues, bueno, al cliente lo que pida.

En la fila de las personas que acudían a Plasmaféresis era frecuente oír charlas entre mujeres:

—Oíme, amor, ¿no sabés si esto de sacarse sangre duele?

PROPERTY OF
Kankakee Public Library

—Pues mirá, amor, yo ya he venido varias veces y solo se siente el pinchazo de la aguja. Ya después no duele nada.

—Es que mi mama me dijo que estoy muy flaca y que si me saco sangre me va a dar hambre y voy a engordar. Dice que quitarse sangre hace que las flacas se hermoseen, siempre le ha dado pesar verme como chiflido.

—Pues mirá, mujer, yo lo que había oído es que la sangre se te pone un poco más espesa y una vez que te la sacan te la tenés que seguir sacando. Pero eso es bueno, porque hasta nos llevamos una platita extra y en épocas de necesidad se agradece. Además ni te preocupés del hambre, porque saliendo te dan un jugo y un pico de piña. Ya con la plata hasta te podés echar un vigorón con chicharrón en el mercado.

También era frecuente escuchar charlas entre amigos:

—Oe, *brother*, ¿ya te dio tu ficha la Tere?

—Todavía no, hermano, estoy tratando de convencerla de que me deje pasar, porque apenas vine hace tres semanas y ya estoy de vuelta. Fijate que ayer llegó la Guardia a la casa y se llevó a uno de mis chavalos, al Toño. Me dijeron que anda en asuntos del Frente y que lo van a investigar. Yo le dije a mi mujer que le hablara a su comadre, ella conoce a varios guardias y tal vez tengamos noticias. Necesito sacar plata porque seguramente me van a pedir en todos lados y más vale que esté listo.

—¡Qué barbaridad!, jodidito Toño, ojalá que no lo turqueen mucho. ¿Y vos no sabés si tiene algo que ver con el Frente?

—Pues fijate, vos, que lo he mirado medio raro. Es un muchacho de casa, vos sabés, bien tranquilo, aunque de pronto se pierde en las tardes y llega de noche. Yo me levanto para ver si viene bebido o drogado, pero fijate que no, siempre trae un titipuchal de papeles y libros. Él dice que se los presta un amigo que está estudiando abogacía y que a él también le interesan esos temas de leyes y todo, mas, como no le podemos pagar la universidad, que lo estudia todo por su cuenta. Andá vos a saber qué carajos trae, siempre anda leyendo cosas que ni entiendo. Yo le he dicho que invite a sus amigos a la casa; él dice que las reuniones son en otro lugar y que a todos les queda muy largo ir hasta allá. No me jodás, a mí me da pavura que se meta en problemas.

—No te hagás ilusiones de que vas a tener un abogado en la casa, para mí que sí anda metido en cosas del Frente. Dicen que hay células que se dedican a adoctrinar a los muchachos y que les dan toda clase de enseñanzas rusas y de no sé qué otros lugares comunistas. Tené cuidado, *brother*, no te vayan a ir a pepenar a vos también.

—Ni quiera Dios, imaginate qué harían mi mujer y los demás chavalos, si todavía son unos chigüines. La Rosita todavía está de pecho y no puedo faltarle.

—Pues decile al baboso de Toño que piense en su familia y que no los exponga.

—Jueputa, no sabés la rabia que me da esta mierda de los turcazos; si no se llevan a un chavalo de alguna casa, oís tiroteos por todos lados o te avisan que Fulano o

Perengano se murió en combate. Ya estoy hasta la verga de este hijueputa pleito. Logramos que a Toño no se lo llevaran a combate por lo de su vista, ya sabés que usa anteojos casi de fondo de botella, pero ya le estaban diciendo que de todas maneras lo iban a llamar, ya están desesperados. Solo estábamos esperando el momento, pero ya ves, primero se lo llevaron a los interrogatorios.

—¡El siguiente! —gritó Tere.

—Pues suerte, *brother*, platicale tu vaina a la Tere. Es bien buena gente, de seguro te da una ficha. Ai nos vemos y me contás cómo terminó lo de Toño.

—Sí, hermano, nos vemos…

—Ideay, Teresita-mi-linda, ¿cómo estás, mi amor? Fijate que ando en una enorme vaina y quiero ver si me podés ayudar. La Guardia se llevó a mi hijo y necesito plata. Entendeme, mujer, ya sé que vine hace como tres semanas, pero no me queda de otra; no seas malita, amorcito, dame una ficha y te juro que no vengo hasta dentro de dos meses.

—Tranquilizate, amor, ¿por qué se llevaron a tu hijo?

—Pues no sé, ya ves cómo anda la Guardia en estos días, quieren interrogar a todo el mundo. Y ni modo, le tocó mala suerte y, mientras tanto, mi mujer y yo nos estamos muriendo de preocupación. Él es un muchacho juicioso y de casa, todos estamos bien asustados.

—Bueno pues, amor, por pura solidaridad te doy la ficha, pero tené cuidado que te podés sentir mal. Si te mareás o te duele la cabeza, no me vayas a echar la culpa, ¿oíste? Me firmás los papeles.

—No te preocupés, amor, que yo soy el único responsable de todo y además aguanto vara, vas a ver.

—Tomá pues y andate con cuidado. Ojalá que aparezca pronto tu chavalo.

¿Y qué tuvo que ver todo este negocio vampiresco con la muerte de Chamorro? Al cubano Pedro Ramos se le vinculó con el asesinato porque sostenía un enfrentamiento abierto y muy fuerte en medios con Pedro Joaquín Chamorro, justamente por considerar inmoral el negocio. *La Prensa* sacó varias veces reportajes de Plasmaféresis y todo el mundo se percató del inmenso grado de hostilidad entre el doctor Ramos y el doctor Chamorro. Ramos estaba furioso por las cosas que Chamorro decía de él. Además, el abogado de uno de los socios de Plasmaféresis había acusado al doctor Chamorro de calumnias, injurias y difamaciones, y Chamorro sufrió cárcel por dichas acusaciones. En ese tenor, las cosas estaban color de hormiga y día con día, reforzadas por la batalla campal en medios, se ponían peor.

La otra hipótesis del asesinato cuenta que el FSLN se aprovechó de la tensión Ramos-Chamorro para crear un circo de veinte pistas en donde ninguno de los actores implicados sabría quién lo mandaba ni quién llevaba la batuta del asunto. Sería una de esas operaciones perfectas con callejones sin salida y muertos bajo el agua, con tal de que el pueblo señalara como culpable al enemigo número uno: Somoza. Dicen por allí que todavía se puede ver a uno de los indiscutibles intermediarios del crimen, Silvio

Peña, caminando tan campante por las calles de Managua. Claro que no podemos dejar de mencionar la versión popular de que fue el mismo general Somoza el que lo mandó matar.

Sin envolvernos en tanto enredo, lo que sí ocurrió fueron dos cosas: Pedro Joaquín Chamorro fue acribillado la mañana del 10 de enero de 1978, mientras manejaba su automóvil rumbo a *La Prensa* y su muerte fue la chispa que detonó el principio del fin del gobierno de Somoza.

Ese día veníamos circulando por la entrada de la carretera Norte con mi papa y mi mama casi frente a las Fábricas de Hilados y Tejidos el Porvenir cuando vimos a las turbas enloquecidas quemando todo a su paso. No había policías ni nadie que pudiera poner orden. Por suerte logramos escapar, pero las miradas de fuego de la gente enfurecida mostraban la rabia que había causado el asesinato.

La noche en que velaban a Pedro Joaquín la multitud rodeó las instalaciones de la empresa Plasmaféresis y les prendió fuego. Allí también se prendería la insurrección que no pararía hasta el 19 de julio de 1979.

Inmediatamente después de la muerte de Pedro Joaquín Chamorro, se declaró una huelga general. Usted aseguró que dicha huelga era de patronos y que era un cierre ilegítimo, que no tenían la fuerza para hacerla porque los trabajadores no los secundaban. Dicha huelga duró dos largas semanas…

También ordenó una investigación sin límites para hacer públicos los nombres de los responsables. Estaba verdaderamente furioso. En sus investigaciones se descubrió que un tal Silvio Peña había matado a Pedro Joaquín siguiendo las instrucciones (y el pago) del doctor Pedro Ramos. Peña contrató tres cómplices y se marchó a Miami antes de que ocurriera el asesinato.

El proceso se hizo público y durante tres días enteros (y gran parte de sus noches) toda Nicaragua vio desde sus televisores y oyó desde sus radios al juez presidente, a las partes interesadas y a los cincuenta miembros de la prensa escrita, radial y televisada hacer las preguntas que quisieran. Los acusados confesaron y declararon todos los detalles del crimen. Según usted, cuando terminó el proceso, la gente de Nicaragua estaba convencida de la veracidad de los hechos; no así La Prensa *y la familia Chamorro. Doña Violeta dijo que «el régimen» había dado muerte a su marido.*

Por otro lado, una nueva versión del asesinato fue publicada por el mismo diario La Prensa *el 18 de mayo de 1988 (casi diez años después). Allí dieron a conocer los nombres de los seis personajes clave del plan homicida: Tito Castillo (trabajó como ministro de Justicia del gobierno sandinista y como embajador en Moscú), Carlos Horacio Vega Marenco (abogado), Juan Vidal (de nacionalidad española, el cual llegó a Nicaragua como parte de un programa de ayuda técnica para trabajar en el Instituto Tecnológico Nacional de Granada), Atenor Ferrey (primer director general de Procampo, después de la revolución), Danilo Aguirre Solís (quien trabajó como subdirector en* La Prensa *y luego en la seguridad del Estado y en la Asamblea Nacional) y un tal comandante Raúl (dirigente del* FSLN*). Según esta versión, había que involucrar a Cornelio Hüeck, Pedro Ramos y Fausto Zelaya, y hacer un enredo con altas personalidades del* *régimen somocista sin que se escurriera ni una sola gota de sospecha de que el Frente Sandinista estaba detrás.*

—Mami, ¿vos sabés por qué el general está tan bravo? Nunca lo había oído gritar tan duro.

—Porque mataron a Pedro Joaquín Chamorro, el dueño del periódico *La Prensa*. Lo viste varias veces los domingos en la iglesia de Las Palmas. Siempre iba con su esposa, doña Violeta. Ella fue compañera del colegio de tu abuelita.

—¿El que ha estado saliendo todos los días en el periódico?

—Sí, mi amor. Pero mejor no veas eso, las fotos están muy feas y eso no deben verlo los niños.

—¡Pero si salen en todos lados!, ya las vi. En unas aparece su carro balaceado y lleno de sangre, y en otras está sin camisa y con muchos hoyos de bala. Desde hace días que no dejan de poner en *La Prensa* todas esas fotos. Tiene la mirada perdida con la que quedan todos los muertos. ¿Era amigo del general y por eso está tan arrecho?

—Era el líder de la oposición del partido del general, de los conservadores. Acordate que el general es de los liberales.

—Y si no era de su partido, ¿por qué está tan bravo?

—Porque es algo espantoso y ahora todos le van a echar la culpa a él de que lo hayan matado…

Dos enemigos y una misma forma de morir…

La muerte de Pedro Joaquín Chamorro lo conmocionó. A pesar de lo que digan sus enemigos usted sintió un terrible miedo. Sabía que lo culparían del asesinato. Recuerdo que en Montelimar usted le dijo a mi madre que estaba muy enojado porque Pedro no se había cuidado y que ahora sí que su gobierno estaba siendo golpeado. Que usted le había puesto seguridad, pero que Pedro se había quejado de ella y que le había exigido que la removiera.

En esos días usted escribió de su puño y letra una carta de renuncia a la presidencia del país. Se la guardó en el bolsillo y la trajo consigo varios días. Se reunió con el Congreso y le externó su voluntad de renunciar.

Ellos se la negaron. Le dijeron que sin usted no podrían funcionar y lo convencieron de que no dejara el poder… ¿Qué rumbo habría tomado nuestra historia si le hubieran aceptado la renuncia? ¿Cuántas vidas se habrían salvado?

Una sola vida habría valido la pena.

LAS ELECCIONES MUNICIPALES

Febrero de 1978

Hubo elecciones municipales por toda Nicaragua. El Partido Liberal obtuvo una victoria abrumadora (y hacía tan solo un mes que Pedro Joaquín había muerto).

En una elección abierta y libre, considerada legítima y supervisada por las miradas internacionales, Somoza ganó todas las municipalidades de Nicaragua.

Mientras tanto, usted continuó tratando de complacer a Estados Unidos, con la esperanza de que en algún momento ellos vieran su verdad.

El 26 de febrero hubo una manifestación política para apoyarlo. Se reunieron frente al hotel Intercontinental ciento cincuenta mil nicaragüenses para manifestarle su apoyo. Usted se conmovió hasta las lágrimas y le dijo al pueblo que desempeñaría su cargo hasta el 1° de mayo de 1981, fecha en la que entregaría la presidencia al compatriota que resultara electo democráticamente y que se retiraría como jefe de las Fuerzas Armadas de Nicaragua. Para usted, este fue el discurso más importante de su vida. Cumplía con lo que pedía Estados Unidos, pero ellos simplemente no se dieron por enterados…

AGUA DE MAR

El abuelo me echó la sal. Quiso medir su poder. Sentado en la mecedora lo dijo tres o cuatro veces:

—Te vas a partir la cabeza.

Nada. La danza bajo el aparato del aire acondicionado era divertida.

—No des más vueltas, te vas a partir la cabeza —decía con su dominio militar.

Los giros sobre mi propio eje me provocan esa sensación de desprendimiento. Mareo-me-divierto. Casi-vomito. Los coludos colgantes y la jaula de la lora suben, bajan y se mecen por todos lados. ¿Creerá el abuelo que me voy a partir la crisma o ya lo mareé con tanta espiral y quiere que me siente de una vez para que lo deje en paz?

—Chavala, te vas a rajar la cabeza —continúa el abuelo.

Siempre lo mismo, los adultos generalmente tienen la razón, a veces me asustan porque todo lo saben; quizá nos espían todo el tiempo, nos miran con esos ojos escondidos en la nuca. Tienen el don de adivinar lo que ocurrirá o a lo mejor la mente es tan poderosa que invocan sus deseos. Esta vez pasé lo suficientemente cerca del pico goteante del aparato para abrirme un huequito en el cráneo. Apenas una uve, pero sale un mar de sangre.

—¡Zoraida! ¡Apurate, que la niña se rompió la cabeza, traigan una toalla y hielo!

Dos *chinas* uniformadas impecablemente vienen corriendo. Una, con un algodón gigante y el frasco de alcohol. La otra, con la bolsa de hule rojo, esa a la que le meten hielos por la rosquita de metal. El abuelo gritando desobediencia y mi madre regañándome.

—Se lo dije; no me hizo caso. Eso le pasa por desobedecer y andar de marimacha.

—Me vas a matar del corazón, mirá nada más cómo te dejaste la cabeza —grita mi mama.

¿Por qué en vez de solidarizarse conmigo gritan y me reprenden?, ¿por qué será que los adultos siempre se ponen como locos a regañarte cuando estás herida o te rompiste algo?

Ya sé que me porté mal, ya sé que desobedecí, pero me desangro y no hacen otra cosa más que gritarme y reñirme. Ahora no voy a llorar del dolor de cabeza, sino de dolor de orgullo.

La lora, en su jaula, me mira desde su flanco izquierdo con esas pupilas que se hacen grandes-chiquitas-grandes-chiquitas. Murmura algo entre el pico y la lengua. Esa lengua tan seca. No tiene saliva, ¿cómo le hace para poder hablar tanto? Camina de un lado al otro del tubo de madera y contempla toda la escena de la descalabrada. Encoge y estira el cuello observando con cuidado. Se ríe.

Me suben al auto y me llevan al mar.

A las seis de la tarde, el aire es tibio y anaranjado.

No hay nadie en la playa. Mi madre me sumerge la cabeza en una ola espesa, llena de tortugas.

—El agua de mar cura las heridas —dice mi madre.

Esta vez, la desobediencia arde.

Odié el «te lo dije» del abuelo (seguramente no volveré a jugar bajo el estúpido aire acondicionado; cuando está en México no es tan regañón).

Mi sangre se hace una costra salada y pegajosa.

VIENEN LOS COMUNISTAS

En Nicaragua solamente tenemos dos estaciones. Cuando llueve (invierno) y cuando no llueve (verano). La estación lluviosa va de mayo a octubre y la seca de noviembre a abril, con la salvedad de que puede llover todo el año. En época de lluvias abundan los zancudos y otros insectos (no les llamamos *bichos* como en México porque en Nicaragua *bicho* es otra cosa). Por cierto, todo el año hace calorcito. En febrero, en plena época seca, al entrar al auto se siente que se te cocinan las nalgas y te hierven las orejas; tenemos que abrir las ventanas para que se salga el aire caliente antes de prender el aire acondicionado. Ese día, justo a la salida del colegio, la radio sale con la noticia de que Estados Unidos, nuestro aliado número uno para combatir al comunismo, nos ha retirado toda la ayuda militar y económica. Para ese entonces, «los comunistas» son los mismísimos emisarios del demonio, hijos de Hades que nos vigilan desde las profundidades del inframundo. Ateos, barbudos y siempre con ganas de guerrear. Con sus miradas clandestinas, sus fusiles y pertrechos esperando la hora de ver la luz. A mí me aterraba (de verdad era una preocupación que quitaba el sueño) que los comunistas tomaran Nicaragua. Me veía huérfana y desprotegida, haciendo trabajos forzados para unos guerreros a quienes solo se les distinguían los ojos por arriba de los pañuelos rojinegros atados en la parte de atrás de la cabeza.

—¡Ni quiera Dios, mi muchachita, que esos hombres se hagan del poder! —decía la abuela alzando los brazos al cielo—. ¡Dios mío mi lindo, no dejés que el comunismo llegue a nuestra Nicaragua! —repetía incansablemente al escuchar las noticias en la radio.

—Pero, mama Coco, ¿por qué son tan malos los comunistas, si quieren que todo mundo sea igual y que todos los pobres tengan comida? En mi colegio, la madre María de los Ángeles nos enseñó que Jesús decía que los pobres se iban a salvar y que para ser una buena católica había que alimentar al hambriento. Además, todos somos iguales ante los ojos de Dios.

—No es tan fácil, chavala. Esos facinerosos le quieren quitar sus cosas a la gente que trabaja y distribuirla a los vagos. No les importa que el trabajo de muchas generaciones sea mal repartido y que caiga en manos de gente que solo se lo va a gastar y que no va a hacer nada por su país. Despojarán a las personas de sus fábricas y ya no habrá trabajo. Bien decía tu bisabuela que es mucho mejor un terremoto que la guerra; aunque no lo creás, en un terremoto se pierde mucho menos y es de una sola vez. En la guerra no se sabe cuánto tiempo va a dilatar; vemos a las familias divididas, a los hermanos peleándose a muerte y a los hijos traicionando a los padres. Es algo horrible. Si vienen los comunistas, te van a quitar tu casa porque se la van a dar a las familias que tengan más hijos. También nos despojarían de los carros y muebles. No hay *chinas* que te ayuden porque todos son iguales. Dicen que en Cuba la libreta de racionamiento es horrible. Da solo para comer carne una vez al mes, la gente vive de gallopinto. Dicen que te dan un papel higiénico a la semana, un jaboncito para bañarte al mes y ni siquiera hay champú. Hay *orejas* por todos lados y hasta tu familia te delata si hacés algo que no les guste a los comandantes. Sería una cosa espantosa. Pero lo peor de todo es que no creen en Dios, son ateos y se van a condenar. ¡Ni quiera Dios que nos pase eso, mi muchachita! Hay que rezar mucho para que no nos caiga ese castigo. La Purísima tiene que oír nuestros rezos y ayudar al pueblo nicaragüense.

Era de vida o muerte rezarle a la Virgencita para que no llegaran los comunistas. Con solo pensarlo me daba la taquicardia y sí sabía lo que eran las enfermedades del corazón, a mi papa ya le había dado un infarto en el terremoto, y me había vuelto una experta en la sempiterna jerga presión alta-colesterol-triglicéridos-infarto. «Las enfermedades del corazón se heredan, así que hay que cuidarse desde chiquitas», repetían en casa. Cuando estábamos con el general, mi papa y él platicaban de las medicinas y sus respectivas dosis, de los cardiólogos y los ejercicios de la fuerza aérea canadiense, del arroz hervido y hasta de la gelatina de dieta.

En la casa ya no se cocinaba con sal y comíamos carne magra, nada de chancho frito ni esas cosas sabrosas. Lo bueno era que yo todavía podía comer mis galletitas saladas con dos kilos de mantequilla, los huevos con la yema, los quesillos, el vigorón, y los domingos, medio nacatamal con una buena taza de café con leche hirviendo (de esos cafés que se hacían con un chorrito de concentrado y después con leche calientísima y espumosa).

El fin de semana, en Montelimar, continuó la discusión respecto a los gringos.

—¿Y qué pasa si los americanos ya no ayudan a Nicaragua, general?

—A mí me sorprende que le hayan puesto fin al programa de ayuda militar. Nosotros somos su aliado en la lucha contra el comunismo. Retiraron a casi todo su personal de la embajada, pero la verdad es que no creo que nos dejen solos. El presidente Carter va a darse cuenta de que está cometiendo un error grave y que nos está entregado en bandeja de plata. Nicaragua es el corazón de Centroamérica y si se envenena, se regará la ponzoña por todos lados.

—¿Y por qué, si ellos son anticomunistas y nosotros también, no nos ayudan?

—Son temas muy complejos, chavala; intervienen varios factores e intereses de diversos países y grupos con diferentes opiniones. A veces los americanos precisan mediar entre unos y otros. Hay países que dicen que en Nicaragua no se respeta la libertad y eso es lo que están repitiendo los americanos.

—¿Y no se respeta la libertad?

—Por supuesto que sí. Mirá, te pongo varios ejemplos. La gente puede trabajar donde quiera, en los países comunistas te ponen a trabajar donde consideran que sos más necesario. Se puede viajar sin interferencias militares ni policiacas. Vos tenés la libertad de escoger tu propio médico. Los trabajadores tienen derecho a la negociación colectiva laboral y también se pueden ir a huelga cuando lo consideren necesario. Hay libertad de religión, lo que pasa que no te das cuenta porque en Nicaragua casi todos somos católicos. Si vos querés salir del país, nadie te detiene, la frontera está abierta. Hay libertad de prensa; fijate en los periódicos, podés leer las opiniones de los que están en contra de mi gobierno y ¿ves? Allí están, porque en Nicaragua se respeta la libertad.

—¿Y qué era eso de que nos iban a ayudar los de la OEA? —le pregunté inocentemente y sin miedo, lejana a las barreras que suelen levantarse entre el poder y la gente común y corriente, entre la inocencia de una niña y una mente adulta.

—Hasta el mes pasado estaban tratando de arreglar las cosas, pero no pudieron hacerlo, se terminaron las negociaciones y ahora se retiran los norteamericanos.

El general acarició el pelo liso de la niña. Se levantó de su silla y caminó hasta el borde de la palapa, justo donde empieza la arena. Levantó sus anteojos y con el índice y el pulgar apretó sus lagrimales en un gesto de cansancio.

El romper de las olas acompañó una mirada lánguida que se fundió en el horizonte ocre de la tarde. Él estaba triste. Era una tristeza seguida por una marejada de melancolía, por una leve certeza de que ese horizonte dejaría de pertenecerle.

PUERTO SOMOZA

En Puerto Somoza, la noche nos abrazaba con el susurro de los grillos. Hacen tanto ruido que si no durmiéramos en el cuarto con el rum-rum del aire acondicionado, no nos dejarían conciliar el sueño. ¿Y por qué el rum-rum sí deja dormir? (La verdad no sé).

Hoy al mediodía visitamos la fábrica de langostinos de los Brasiles. Es un lugar hermoso. Trabajan muchísimas mujeres vestidas de blanco. El blanco de ese lugar es absoluto. Las paredes, los cubrebocas, los uniformes, los zapatos, las mallas que utilizan en la cabeza, el piso, todo es blanco. Las mujeres trabajan quitándoles a los langostinos las antenas y varias cosas más de su cuerpo. Después los ponen en unas bandas y otras mujeres se encargan de empacarlos. Todo el lugar huele a pescado y hace la mar de frío; es como vivir en un congelador. Hicimos un recorrido con el general y él saludaba a todas las muchachas que trabajan allí. Va muy sonriente y ellas también le sonríen. Me gustó mucho visitar esa fábrica porque, como me dijo al regreso, hay que abrir fuentes de trabajo para las señoras trabajadoras. Fue una delicia salir al calorcito después de congelarme en ese lugar.

Esa noche nos pasaron dos pelis: *El último tren* y *Coma*. Después de cenar y haber visto *Coma* nos fuimos a acostar. Las imágenes de las personas colgadas con cables, en los frigoríficos gigantes, se quedaron varios días igualmente colgadas en mi imaginación. El azul de los rostros y las miradas perdidas me acosaron hasta convertirse en mi sombra. ¿Se verían de esa manera los rostros de los guardias y de los guerrilleros que mueren cada día? No creo, porque en *La Prensa* salen todos ensangrentados. En vez de ser azules y con las vistas fijas como en la película, son pálidos y con las miradas extraviadas, las miradas que se les quedaron en el momento de perder la vida. He visto muchas fotos de los muertos en combate, salen a cada rato en *La Prensa*, no salen tanto en el *Novedades*. Hasta ahora no he visto ni uno en persona (menos mal).

Me da curiosidad… ¿A qué huele la muerte?, ¿qué pensarán todos esos guerrilleros y guardias al momento en que se les desprende el alma? El otro día mi tía platicaba que los moribundos ven toda su vida como en una película a toda velocidad y que después de eso ven un túnel de luz donde los esperan sus seres queridos que ya se murieron. Luego cuentan historias de que los espíritus vagan en esos momentos y que se despiden de los seres queridos que dejan en la Tierra. A veces ni siquiera se dan cuenta de que están muriendo...

Mis papás dicen que los combates son en el monte, que no debo temer, que la guerra pronto terminará y ya no habrá más muertes. Cuesta trabajo creerles porque las balaceras se oyen cerquita.

La noche azul llena de espectros me recordó los chocolates Toblerone del refrigerador del general. Mi hermana y yo dormíamos frente a su cuarto.

—Jos, voy a ir al refri por un triangulito frío de chocolate —le dije a mi hermana.

Ni se inmutó. Siguió soñando con quién sabe qué cosa. No creo que soñase con los cuerpos azulados porque cuando llegamos a esas escenas ya estaba en *Dreamland*. Al dormir, los cachetes se le ponen rojos, mientras que con la boca hace movimientos como si estuviera mamando una teta.

Me levanté rumbo al refrigerador, que estaba en la cocina muy cerca de los cuartos. Era una casa sencilla y pequeña (¿cómo puede luego la gente inventar tantas historias de grandezas?, por lo menos aquí en Puerto Somoza no había nada de eso). Yo creo que fue por el ruido que hice que usted se asomó. Tenía un pijama celeste y unas pantuflas azul marino. Traía un libro en la mano. Era en inglés, como la mayoría de sus libros. Todavía traía puestos los anteojos muy abajito en la nariz.

—Ligia, ¿qué estás haciendo levantada a estas horas? —me preguntó sonriendo, mientras separaba una página de su libro con la solapa.

—No se vaya a poner bravo, pero me muero por un triangulito de chocolate, ¿me lo regala? Es que no llego —le dije con cara de súplica, mientras me estiraba para alcanzar la parte alta del refrigerador.

—Te voy a regalar dos triangulitos. Si te doy más no te va a dar sueño y tu mama nos va a regañar mañana. —Me dio el chocolate. Me dio un beso en la frente mientras despeinaba mi cabeza—. Andate a dormir.

¿Puede alguien cambiar la historia de tantas vidas?, ¿cómo ese ser dulce pudo hacer daño? Su beso en mi frente fue la mar de cariñoso. Veía con calma y me arropaba con su mirada, por eso me da rabia todo lo que pasó, por eso me siento engañada y perdida, en un principio no creía las terribles historias que se contaban de usted, porque yo viví otras completamente diferentes, pero al salir de mi patria y con el paso del tiempo supe tantas cosas que me causan asco e indignación. Duele sentirse traicionada y desilusionada.

Al día siguiente (que era domingo) mis padres decidieron quedarse en Puerto Somoza y volver a Managua el lunes muy tempranito, para así llevarnos a tiempo al colegio. Mi hermana y yo pasamos todo el día en la piscina. De tanto nadar nos convertimos en sirenas. Adoro zambullirme y tocar el fondo de mi supuesto mundo sirenal. Cuando salgo a la superficie veo todas las cosas que me rodean con un halo blanco. Es un hecho que las sirenas ven mejor por debajo del agua que en el mundo de los humanos. Mi padre tritón sonríe desde las olas y envía algunos pececitos a peinar mi pelo enmarañado. Lo arreglan con conchitas y corales. Cuando ya hemos sido sirenas por mucho tiempo, nuestra piel se arruga y nos volvemos viejitas. Así es la vida de sirena: en un mismo día viajamos de la juventud a la vejez. Allí es cuando la madre humana nos extiende una toalla para sacarnos del mundo de las sirenas. En algún momento tenemos que compartir los alimentos con ellos. Pero no importa, ya habrá más días para vivir en el mundo acuático.

Por la tarde vino el peliculero y vimos una peli viejísima que se llamaba *Espías*. Hablaban en alemán, así que había que leer los letreritos que venían en español. La verdad es que se puso muy aburrida…

REGRESA EL *LIBERIAN STAR*

Marzo de 1979

Las armas seguían fluyendo a grandes chorros. Nicaragua se vestía de guerra y se preparaba para la fiesta final.

Aviones cargados con pertrechos y suministros aterrizaban en el aeropuerto de San José de Costa Rica. Allí se descargaban y se entregaban a los sandinistas para su posterior traslado por vía terrestre hasta Guanacaste, centro de operaciones y de distribución de armamento. Hasta abril de 1979 los vuelos pasaban sin detenerse en San José y llegaban directo y sin escalas a Liberia, la capital de la provincia de Guanacaste. Desfilaron desde DC-3 hasta aviones «aztecas» que transportaron entre mil doscientas y mil trescientas libras de suministros para matar. Durante estos meses los alegatos públicos respecto a la ayuda cubana a Nicaragua pasaron desapercibidos. Somoza lo gritaba a los cuatro vientos y nadie le creía. Cuando Estados Unidos le retiró toda la ayuda militar, el general consiguió suministros del gobierno de Israel, pero, después de múltiples protestas sandinistas, el buque *Liberian Star* con bandera israelí regresó a su país cuando ya navegaba aguas centroamericanas.

EL TALLER DEL CARPINTERO

En Managua, la mayoría de los muebles se hacen por encargo. A la gente le gusta poner mecedoras en los porches de entrada y, así, ver pasar a las otras personas. En todas las casas nicaragüenses acomodan las sillas en círculo para ponerse a platicar. El arte de la conversación no se ha perdido. Para los ciudadanos de las grandes urbes, sentarse a platicar todas las tardes resulta aburrido, para eso está la tele; son más individualistas.

Mi papa me pide que lo acompañe a la casa del carpintero. No podemos llegar directamente en el auto; hay muchísimo lodo y no hay pavimento. Me da mucho miedo ir a ese lugar. El pueblo está dividido en dos por un riachuelo, más bien un charco grande. Para cruzar del otro lado, tenemos que hacer malabares sobre un gran tubo de drenaje. Yo no sé si mi papa se da cuenta del peligro, pero, cada vez que vamos, lo veo muy quitado de la pena cruzando el tubo, no se detiene a esperarme. Yo lo sigo, los zapatos se me resbalan y el corazón me da brincos. Da pavor. Debe de haber otro camino para llegar, porque, si no, ¿cómo saca el hombre de su casa los muebles terminados? Cuando llegamos a la casa del carpintero y ha pasado el martirio de cruzar por el tubo resbaloso, mi padre revisa el avance de los muebles, platica con el carpintero y le da instrucciones. Mientras tanto, me entretengo viendo a los niñitos desnudos jugando en los charcos de lodo. Están barrigones. Brincan y ríen con la cara repleta de mocos. Les cuelgan hilos verdes largos, largos. Me ven fijo, con extrañeza. Se sientan en el lodo. Es un lodo espeso y tan marrón que hasta dan ganas de comerlo. Se antoja de verdad.

Yo no tengo hermanos, solo una hermana, y me da mucha curiosidad ver sus penes al aire libre y que no les importe sentarse en el lodo. Nosotras hasta tenemos que tener cuidado en cómo nos limpiamos cuando vamos al baño. Mi mama dice que la limpieza se hace de adelante para atrás, que nunca de atrás para adelante, si no te da una infección.

A veces quisiera tener un pene y poder hacer pipí de pie.

A veces quisiera poder desnudarme y revolcarme en el lodo como los otros niños...

¿Serían el hambre y la miseria?, ¿serían los ríos de lodo al lado de las casitas de madera? ¿Estaría mi pueblo cansado? Cansado de ser pobre, cansado de no saber leer ni escribir...

LAS TRES FACCIONES

Las tres facciones del Frente Sandinista de Liberación Nacional se reunían en La Habana. De esa reunión surgiría un directorio representado por los nueve hombres más importantes de dichos grupos. Radio Habana, con bombo y platillo, dio la noticia del nacimiento de dicho mando unificado.

Tomás Borge, Henry Ruiz y Bayardo Arce representaban al grupo de guerra prolongada. Los hermanos Ortega y Víctor Tirado eran los llamados Terceristas. El grupo de los Proletarios estaba representado por Jaime Wheelock, Luis Carrión Cruz y Carlos Núñez. Así se amalgamaban las ideas de uno de los fundadores del FSLN con un reportero, escritores, académicos y algún hombre de negocios.

A MONTELIMAR

Es sábado por la mañana. Como casi todos los sábados, salimos de fin de semana con usted. Esta vez, mi mama se retrasó un poco en la oficina. Tenía muchos pendientes. En vez de salir a mediodía (como todos los sábados), avisó que saldría hasta las dos. Quedaron en que usted pasaría a la casa por la Joseline y por mí, y que más tarde nos alcanzarían mis papás. Viajar en su coche era divertido. La limo Mercedes, negra pero brillosa, tenía dos asientitos laterales que se jalaban. Jos, por lo general, quedaba de su lado. Usted siempre leía el periódico y hacía llamadas (yo no podía creer que un carro tuviera teléfono, era único en su especie). Me iba al lado de Dinorah, porque le gustaba platicar conmigo cuando se aburría de leer revistas. Era una mujer extremadamente sexy. Dominaba a los hombres solo con su mirada. La coquetería decidió habitar ese cuerpo de mujer y convertirse en poder. El abundante pelo marrón (realmente hermoso) enmarcaba una sonrisa encantadora. Nos caíamos bien. Hacíamos química. Sagitarianas por excelencia (al igual que el general). Me causaba extrañeza que a sus espaldas la gente hablara mal de ella (lo increíble de la niñez es que a veces pasamos para los adultos como seres invisibles, mientras nuestras mentes registran con exactitud milimétrica cada conversación, por lo general dicha totalmente a la ligera por quien sea). La más odiada y la más amada. Le soy sincera, general, lo único que no soporté de Dino era cuando se peleaba a gritos con usted y hasta los ordenanzas salían regañados. Cuando ella se ponía brava era una fiera y, allí sí, era mejor salir corriendo. ¿Por qué siendo una mujer tan bella siempre tenía esos arranques de celos? Posiblemente, por alguna de esas crisis se hizo más fácil el camino que terminó costándole la vida…, su vida, general.

Pero íbamos en la carretera… de camino a Montelimar. Cada vez que pasábamos por algún pueblito, la gente corría a saludarlo. Reían y le decían adiós. Las mujeres se acercaban con sus hijos en brazos para verlo pasar. Los hombres, que ponían a secar los granos de frijol o de café en el piso, dejaban su oficio por unos instantes para saludarlo. Por más que busco en mis recuerdos, jamás leí odio en sus miradas…, y faltaban tan pocos meses para que usted se fuera como el peor de los tiranos…

¿Sería el fastidio de tantos años de lo mismo?, ¿pero por qué se veían felices?

En el camino me entretenía mucho viendo los claroscuros que se formaban entre las ramas de los árboles. El cielo era de un celeste muy clarito.

Cuando llegábamos a Montelimar nos recibían los ordenanzas y se llevaban nuestras maletas. El general no viajaba a Montelimar con maletas porque ya tenía ropa allí. A mí lo que me urgía era ponerme el vestido de baño y tirarme a la piscina. El general siempre les pedía a los ordenanzas que bajaran el nivel del agua para que nosotras nadáramos sin peligro. Así que la piscina siempre estaba medio llena (o medio vacía). Un día llevamos a la Suani (nuestra perrita salchicha color miel) y se tiró un clavado cuando me vio hacerlo a mí. Cuando salió del agua se fue a sentar directo en la silla del general y se pegó una buena sacudida. La silla del jefe quedó toda empapada. A mi mama casi se le cae el pelo del susto, pero, bueno, secamos la silla y ya.

Nunca nos quedábamos en la casona. Siempre dormíamos en la palapa. Usted se quedaba con la Dino en el cuartito y nosotros en el *camper* café con amarillo, que lo estacionaban a un lado de la palapa. A lo que sí iba a la casona era a explorar el cuarto que parecía hospitalito. Era genial, como en las pelis; tenía una cama que, si uno le apretaba los botones, se subía y bajaba sola. Mi mama un día me contó que ese cuarto estaba preparado para cualquier emergencia cardiaca. A mí me gustaba jugar a la doctora con todas las cosas que había por allí. Cuando me fastidiaba de tanto curar a mi hermana, me daba por caminar por los pasillos, disfrutar el aroma dulce de las flores y pararme en los corredores-balcón a ver las idas y vueltas del mar.

Tuve una niñez repleta de mar y por eso lo amo tanto.

DEBUTAN LAS BALSAS

Recién ayer llegamos de Montelimar y de un día para otro las cosas cambiaron. Justo cuando nos íbamos a la cama se oyó como una descarga de triquitracas, de esas que se usan en las Purísimas y que ensordecen con los tronidos. Mi mama entró bastante pálida a nuestro cuarto.

—Muchachas, vénganse para mi cuarto —dijo en tono presuroso.

—Pero ¿qué pasa? ¿Por qué se oyen esas triquitracas?

—No son triquitracas; desgraciadamente hay una balacera cercana.

—Dios mío. ¿Y qué vamos a hacer?

—Quédense quietecitas aquí al ras del suelo. No se preocupen, no pasa nada; solamente hay que quedarnos muy bajitas por cualquier bala perdida.

En esas estábamos cuando mi papa entró igual de pálido al cuarto.

—Parece que lo de Estelí y los pueblos vecinos es muy serio. La cosa se está poniendo fea.

—¿Ya hablaste con el general? —preguntó mi mama muy angustiada.

—Sí, ya hablé con él y dice que nos quedemos tranquilos, que la Guardia está cerrando el círculo en Estelí y que dejará a los sandinistas sin pertrechos —dijo mi papa, nada convencido.

—Pero los balazos se oyen supercerca, ¿estás seguro? ¿Será que la insurrección ya nos está llegando a la ciudad?

—Mujer, no te preocupés, ya va a pasar.

Esta fue la primera de muchas noches bajo las balas...

Así fue como aprendí a reconocer tiroteos cercanos y lejanos, pistolazos o ráfagas de metralla, francotiradores y hasta bombardeos.

La preocupación de mi madre crecía porque dos días antes, el sábado 7 de abril, unos doscientos cincuenta sandinistas bajaron de la montaña y tomaron Estelí, un pueblo a ochenta kilómetros de la frontera con Honduras. Simultáneamente, en las ciudades norteñas de El Ocotal, El Sauce y Condega ocurrió lo mismo. Lo más grave es que llegaron hasta León y Chinandega. En Montelimar, el general estuvo muy ocupado recibiendo militares y se le notaba mucho la preocupación.

La población civil de Estelí salía despavorida en sus automóviles, colgando banderas blancas que se vieran por todos lados para que no los fueran a balear. La guardia de Estelí pidió refuerzos a Managua. Estos llegaron en buena cantidad (se dice que llegaron a ser mil elementos) y colocaron su centro de operaciones a un kilómetro de la ciudad. Cortaron el agua y la electricidad mientras las tropas de la Guardia avanzaban manzana por manzana. Los sandinistas se defendían con barricadas y desde allí disparaban. La Guardia contaba con tanques Sherman, transportes de tropas blindados, morteros y con el apoyo aéreo. La fuerza aérea bombardeó con tal desmesura que a la postre provocó una severa reacción internacional y el odio de la población civil; la muerte de inocentes no tiene cabida en ninguna guerra. El 14 de abril la Guardia Nacional proclamó una tregua para que la Cruz Roja evacuara a los civiles que permanecían dentro, atendiera a los heridos y retirara los cadáveres, que ya se contaban en grandes números por los dos bandos. Los sandinistas aprovecharon esta tregua para hacer una «retirada estratégica» y se escabulleron junto con los civiles de la ciudad.

Así se sucedieron varios ataques a las ciudades del norte, donde la consigna era golpear y retirarse. Muchas de las ciudades quedaron desiertas, abandonadas por ambos bandos y destruidas. *¡Cuánto tiempo y esfuerzo para construir! ¡Qué poco se necesita para destruir la misma tierra que habitan ambas ideologías! ¿Qué caso tiene devastar? Los cabecillas, animados por el hambre de poder, y los reclutas, siguiendo un patrón destructivo que algún día se instalaría en el círculo vicioso de la ambición.*

SLILMALILA

Me da mucha angustia tener una idea distorsionada de la realidad. No tanto angustiarme porque yo viera algo distinto. No. Lo que me causa mucho desasosiego es lo que dicen todos los demás. Para el mundo usted fue un dictador tirano, un asesino de proporciones gigantescas, un genocida, ladrón y corrupto. Dicen que en el búnker tenía presos y los torturaba. Jugué varias veces en el mentado búnker y simplemente era una oficina sencilla. Sin adornos. Totalmente austera. Nunca oí gritos de tortura. Jamás respiré en esas paredes el olor de la sangre... La gente que no ve las cosas con sus propios ojos se cree todo lo que le cuentan. La historia está escrita de subjetivismos singulares... Pero lo que más me inquieta es pensar que usted hubiese sido un gran actor. Recibí tanto cariño de su parte que hasta me apena pensar que me mintiera. Lo siento. No lo quiero defraudar y mucho menos traicionar su memoria en mí... Pero (siempre hay un pero), ante tantos reclamos de gente que ni siquiera lo conoció, que nunca compartió con usted la paz de una caminata al atardecer, ante tantas voces que gritan lo contrario a lo que viví con usted, general, me pregunto: ¿por qué se tuvo que derramar tanta sangre si, para colmo, al final de cuentas y después de más de cuarenta años seguimos en lo mismo? Lo veía platicar con los ordenanzas, con sus amigos, con la gente del pueblo. Lo oí dar órdenes militares, estuvimos codo con codo en las concentraciones de campesinos, les di la mano junto a la suya y nunca…

Aquel recuerdo de mi infancia regresa con frecuencia: platicaba usted con mis padres de la concentración a la que asistiríamos al día siguiente en Slilmalila, en la costa atlántica, aquel lugar de las casas zanconas y de selva repleta de zancudos. Yo le dije que quería estar cerca de usted para ver qué se sentía mirar al pueblo como usted lo ve. Me dijo: «Mirá, mi niña, vos te venís a mi lado y te quedás conmigo todo el discurso, vas a ser mi compañera». Así lo hizo y me plantó a su lado izquierdo. Escuché con atención todo lo que les dijo a los campesinos arriba de aquella tarima y después me hizo saludar de mano a aquellas personas que se encontraban más cerca del estrado. Como le digo, recuerdo esas caras bronceadas, las manos rasposas por el arduo trabajo del campo, aunque también recuerdo la alegría que se les escapaba por el simple hecho de su cercanía con ellos. Sonreían felices enseñando sus dientes de sal.

No podían mentir tantos…

Mientras más recuerdo, más revuelto tengo el corazón…

LA VISITA DE JULIO

Después de la comida nos fuimos a recoger caracolitos. Cuando las olas se regresan dejan varios hoyitos cargados de moluscos en la arena mojada. Me divertía meter los dedos y sacar cuanto animal quedara por allí. Mi papa y el general platicaban en la palapa mientras hacían la digestión con un whiskey.

—General, su hijo Julio acaba de llegar, está en la casa y quiere platicar con usted en cuanto se desocupe —le dijo el ordenanza.

—Decile que me espere un momento por favor —contestó el general y, dirigiéndose a mi papa, siguió platicando—. Fijate, flaco, cómo son las cosas, todos mis hijos han hecho sus estudios en Estados Unidos, hablan mejor el inglés que el español, han asimilado perfectamente la cultura americana y me parece increíble que el gobierno gringo no se dé cuenta de que lo que estoy haciendo aquí es defendernos y defenderlos a ellos del comunismo. Pareciera que el presidente Carter tiene un velo en los ojos, la verdad es que no los entiendo —reflexionaba en medio de las volutas de humo de su puro.

Al cabo de un largo rato de cavilaciones y charla mi papa le recordó que Julio ya llevaba un rato esperándolo.

El general se levantó y caminó al borde de la palapa; llamó al ordenanza que hacía el rondín por allí.

—¡Ordenanza! Dígale a Julio que venga.

—¡Sí, mi general!

Julio bajó de la casona a la palapa y saludó a su padre con un abrazo, luego abrazó también al mío.

—¿Cómo estás, hijo? ¿Qué tal el vuelo? —preguntó el general con ese tono cariñoso pero autoritario que usaba para comunicarse con sus hijos.

—Bien, papa, gracias; vengo a verte porque tengo varios asuntos que platicarte —decía Julio mientras sacaba su agenda roja, donde anotaba los pendientes que tocaría con su padre.

—Voy a dar una caminadita por la playa en lo que platican —les dijo mi papa.

—No, hombre, quedate con nosotros —le contestó el general—. Ajá, hijo, decime.

—Fijate, papa, que el dinero que me estás mandando ya no me alcanza para nada. Entre la universidad, la comida y la casa se me va todo y hasta he tenido que venderme.

—¿Cómo que has tenido que venderte? —preguntó el general bastante intrigado.

—Pues sí, papa, fijate que tuve que poner un anuncio de que doy servicios de acompañante. Hablo varios idiomas, me arreglo muy bien y acompaño a las señoras que están solas a cualquier reunión que tengan.

—¿Cómo es eso? —lo interrogó el general, todavía más sorprendido.

—Pues sí. Hay varias señoras viudas o que están solas porque el marido anda viajando y las acompaño a sus eventos sociales. Ellas van muy bien acompañadas y siempre tienen una buena plática.

—Mirá, no tengo idea de la plata que te estoy mandando, lo voy a chequear con el general Porras para que te mande lo necesario, hijo.

—Gracias, papa. También quería platicarte que en mi universidad te odian. Todo el mundo habla pestes de vos —le dijo Julio mientras revisaba en su agenda roja los puntos pendientes.

—Pero ¿por qué me odian?

—Porque dicen que sos un sanguinolento.

—Mirá, Julio, no se dice *sanguinolento*, se dice *sanguinario* y te puedo asegurar que no lo soy.

—Es que dicen que estás matando a muchos en la guerra —le replicó Julio.

—Mirá, hijo, para que haya una guerra tienen que haber dos bandos peleando por sus razones. Nosotros estamos defendiendo a la patria del comunismo y esa es una acción muy loable para Nicaragua y en toda guerra hay bajas de ambos lados. Eso no quiere decir que sea un sanguinario, más bien soy un patriota. El problema es que hay mucha gente ciega o engañada, sobre todo los americanos, que de un tiempo para acá nos están dando la espalda —le contestó el general tranquilamente.

—Pues a mí me da mucha vergüenza que hablen así de vos. Esperemos que esta guerra acabe por el bien de todos.

—Fui elegido democráticamente y es mi deber cuidar al pueblo y guiarlo lejos de las garras comunistas. ¿Te imaginás lo que sería de nuestra tierra si caemos? Todos los avances que hemos logrado en materia económica se vendrían abajo, ¡si somos la joya de Centroamérica!

—Esa es otra, también te tachan de ladrón. Dicen que te enriquecés como nadie.

—Mirá, Julio, yo no soy ningún ladrón. Tengo mis negocios en Nicaragua y más bien genero empleos para mis compatriotas, reinvierto las ganancias y así se crean más empleos todavía —le sermoneó moviendo los hielos del whiskey—. No te preocupés, hijo, que el tiempo me dará la razón. ¿Y cuánto tiempo te vas a quedar?

—Dos o tres días, solo acabo de dar unas vueltas y me regreso.

—¿Dónde te vas a quedar?

—Me voy a quedar con mi mama.

—Bueno, pues, Julio, hablame antes de que te vayas.

La plática con su hijo me deja una reflexión sorprendente: tal vez nunca me mintió ni a mí ni a nadie, sino que se mentía usted mismo, a tal grado que se aferraba a sus propias historias y terminaba convencido de ellas (me parece esta una revelación liberadora).

ADIVINANZA

—¿Le puedo hacer una adivinanza, general?

—Sí, decime.

—¿Cuánto es dos más uno?

—Tres.

—¿Cuánto da cuatro menos uno?

—Tres.

—¿Cuánto es tres por uno?

—Tres.

—¿Cuánto es nueve entre tres?

—Tres.

—¿Cuántos colores tiene la bandera de Nicaragua?

—Tres.

—No, general, tiene dos: celeste y blanco… Y eso que usted es el presidente…

(Ya, pa, no te riás, es el presidente y no sabe cuántos colores tiene su bandera, tache).

—Esta chavala es tremenda…

DÍA DEL TRABAJO

Hoy es 1° de mayo y se celebra el Día del Trabajo; lo chistoso es que nadie trabaja. Mis papás están muy alborotados con el informe de la gestión que dará el general en el Congreso. Se quedaron de ver con él en el búnker. Al general lo pasará a recoger el presidente del Senado para llevarlo a Palacio Nacional. Mis papás lo seguirán en su auto. Se espera que en la Plaza de la República haya muchos seguidores del jefe. A mis papás los veo muy alborotados, pero los noto nerviosos. Ojalá que no se tarden mucho, porque eso de las balaceras ha pasado cada vez más seguido. Mi mama sigue diciéndonos que no nos preocupemos, que ella nunca dejaría que nos pasara algo malo.

Pues en esas estábamos, despidiéndolos en el zaguán de la casa, cuando en eso vemos llegar a mi tío Éric. Él está casado con la hermana de mi mama, mi tía Martha, pero anda en cosas raras porque de pronto se desaparece por varios días y lleva la mirada triste. También tiene cajas con propaganda del Frente. Eso a mi mama la asusta mucho, pero lo quiere tanto que se hace de la vista gorda. Nos abraza a todos y oigo que le dice a mi papa que Managua no es segura, que nos saque lo más pronto posible, y entra a la casa a abrazar y a besar a mi tía y a mi primo, Éric Jr.

Mis papás regresaron por la noche. Mi mama me contó que llegaron muchísimas personas en apoyo al general, que salieron con él al balcón del Palacio Nacional y que había un gentío que lo vitoreaba. Él estaba muy emocionado y mi mama me dijo que hasta se le había escurrido alguna lagrimita. En su discurso expresó que había sido elegido democráticamente, que cuidaría del pueblo nicaragüense y haría valer esa democracia.

—Entonces, ¿ya ganó la guerra?

—No, mi amor, pero hay mucha gente que lo quiere. Me siento un poco más tranquila después de ver que todavía bastante gente del pueblo lo apoya. Lo que todos esperamos es una transición pacífica del poder. Si él convoca a elecciones y entrega la banda presidencial, ya no tendrán por qué andar peleando. Así los americanos dejarán de seguir presionando y se respetará la democracia.

Y así transcurrió el 1° de mayo de 1979… Tan amado, la mar de ensalzado, para ser repudiado y echado tan solo dos meses y medio después.

RAYUELA

Este fin de semana nos fuimos a Puerto Somoza. La casa de aquí es mucho más pequeña que la de Montelimar y la piscina también es bastante más chiquita, pero eso no importa, igual nadamos todo el día.

Por la tarde, y ya bañaditas, mi hermana y yo salimos a la playa a jugar rayuela. Es muy divertido dibujar los cuadritos, los números y escoger una concha para ir lanzándola. Uno de los dos guardias que cuida la playa se acerca y nos saluda. Pobre señor, con este calorón y usando esas botas tan pesadas.

—¿Quiere jugar con nosotras?

—No puedo, doñita, mire que estoy de guardia —me dice portando su uniforme verde olivo y empapado en sudor.

—Un ratito chiquitito nada más; el general está adentro muy ocupado y va a salir hasta después.

—Pero mi trabajo es cuidarlos y no me puedo distraer —me dice con una sonrisa de luz que contrasta con su rostro asoleado.

—¿No tiene calor con ese uniforme y con esa ametralladora que trae cargando? —le pregunto con el ánimo de que juegue con nosotras.

—Pues ya estamos acostumbrados. Aquí ayuda mucho la brisa y además ya está cayendo la tardecita.

Mi hermana lo mira con sus ojos tan bonitos. Son oscuros y lo blanco lo tiene muy blanco. La pavita le da justo en las cejas y la nariz la tiene pringada de gotas de sudor. Ella nunca pregunta nada cuando yo estoy hablando, siempre está supercallada, pero, eso sí, muy atenta.

Se respira sal mientras el sol se hunde en esa cama naranja de nubes y espuma.

El mar es el origen.

Hipnotiza.

Nos quitamos las chinelas y empezamos a jugar rayuela. Recuerdo ir por el cuadrito seis cuando veo al guardia cuadrarse y saludar. El general ha bajado a la playa. Viene de la mano de Dinorah. Ella trae una pañoleta a modo de turbante y lentes oscuros. Se le ve muy bonita.

—Buenas tardes, mi general —dice el guardia mientras se aleja un poco de nosotros—. Buenas tardes, señora.

—Buenas tardes, ordenanza, ¿cómo se están portando estas muchachitas? —le pregunta al guardia con ese rostro juguetón, entre serio y divertido.

—Muy bien, mi general.

—No quiso jugar con nosotras porque está trabajando —lo acusé, alzando la ceja y torciendo la boca.

El general soltó una carcajada.

—Prestame tu conchita —decía mientras estiraba la mano—. ¿En qué número querés que la tire?

—Dele al nueve, ese siempre es el más difícil. Pero acuérdese de que no se puede salir de la rayita ni tocarla —proclamé con aire de maestra en el arte de la rayuela.

El general lanzó la concha balanceando el brazo de atrás para adelante y de abajo para arriba. Cayó justo en el nueve.

Cuando regresamos de la playa, ya estaba listo el peliculero. El general escogió *El príncipe y el mendigo*. Salía un actor que se llamaba Charlton Heston. Mi mama decía que tenía una bella sonrisa. Se trataba de un ladrón que se llamaba Tom y del príncipe de Gales. Un día se encuentran y se sorprenden de su increíble parecido. El príncipe le pide que intercambien ropas y con ello personalidades, para un baile de disfraces que se llevaría a cabo en el palacio.

Al terminar la peli, mis papás se quedaron platicando del informe en Palacio Nacional con el general.

—El pueblo me apoya. Gané las elecciones de 1974 con un margen amplísimo. De un millón de votantes inscritos, ochocientas cincuenta mil almas fueron a las urnas. De esos nicaragüenses que acudieron a votar, setecientos cincuenta mil lo hicieron por mí y cien mil por el doctor Paguagua.

(Había tantos en la plaza).

»Fui elegido por medio del voto popular y la mayoría fue aplastante. La OEA mandó observadores y no reportaron anomalías. En mi inauguración estuvieron los presidentes de Costa Rica, Guatemala y Honduras. Ellos me dieron su aprobación.

(En la plaza se veían tan contentos).

»Haré valer la democracia y el voto de los nicaragüenses. (Ondeaban sus banderas)».

Mi hermana y yo, ya muertas de cansancio, simplemente nos fuimos a dormir.

ROMPIMIENTO DE RELACIONES DIPLOMÁTICAS

En Puerto Somoza había sido un fin de semana como cualquier otro. El sábado por la mañana hicimos nuestra caminata con Bárbara, la enfermera. Mi hermana y yo nadamos y nadamos hasta que nos salieron escamas. Por la noche jugamos Monopolio y nos fuimos a dormir. A mediodía del domingo todo se aceleró. El general acababa de hablar con el embajador de Nicaragua en México y con mi abuelo, que era el cónsul general: México rompía relaciones diplomáticas con Nicaragua. El presidente López Portillo lo anunció mientras se encontraba en Cancún, tras una visita del presidente de Costa Rica, Rodrigo Carazo Odio, y una reunión previa con Fidel Castro. Por cierto, Rodrigo Carazo Odio había sido maestro de mi papa en Bogotá.

El gobierno de Costa Rica ya había roto relaciones diplomáticas con Nicaragua a finales de 1978; sin embargo, la ruptura por parte de México era crucial para los sandinistas, ya que daría el ejemplo a otros países de la región. El Directorio Nacional del FSLN publicó una declaración expresando su «alegría revolucionaria» por la decisión del gobierno mexicano.

Para México significaba un apoyo abierto a las fuerzas del Frente Sandinista y un rechazo al gobierno de Somoza.

México afirmaba su postura y escribía en piedra el futuro del pueblo nicaragüense.

La ruptura de relaciones diplomáticas se dio en el mismo momento en el que se creó la Junta de Reconstrucción Nacional, la cual estuvo, en ese momento, formada por doña Violeta Chamorro, Moisés Hassan, Alfonso Robelo, Sergio Ramírez y Daniel Ortega Saavedra. Se pretendían instalar en el departamento de Rivas tan pronto como fuera ocupado por el Frente. En entrevista con varios periodistas costarricenses que se encontraban en el frente de batalla, Edén Pastora puntualizó que la Junta quedaría instalada en Rivas en un plazo no mayor de setenta y dos horas.

—Acabo de hablar con tu papa y me puso al tanto de la situación en México. El cuerpo diplomático tiene veinticuatro horas para retirarse. México ha estado ayudando con armas, entrenamiento y logística a los sandinistas. El gobierno mexicano, con su *boom* petrolero, tiene un amplio margen de acción internacional y aspira a convertirse en un país con fuerza e intereses en la región. Quiere romper su bilateralismo con Estados Unidos, y meterse en los asuntos de Centroamérica es una gran oportunidad. Además del

PRI hay varios partidos de izquierda y sindicatos que apoyan al Frente. México me acaba de dar un portazo en la nariz —sentenció el general bastante enojado—, no se dan cuenta de que si Nicaragua es entregada a los comunistas, después les impactará a ellos, va a ser un efecto dominó. Nada de respeto al derecho ajeno, nada de paz. No sabés cuánta gente está involucrada en células del Frente en México. Tengo listas de los hoteles y las casas de seguridad donde se llevan a cabo los entrenamientos. Se cuentan por muchos. Si cae Nicaragua al comunismo, caerá toda Centroamérica y los mexicanos tendrán que arreglárselas con los exiliados. El comunismo se está infiltrando en el Estado y pronto será como una enfermedad incurable.

—¿Y lo del rompimiento ya es una decisión tomada? ¿No hay algo que pueda hacerse? —preguntó mi mama.

—Dice tu papa que hablará con Carazo Odio y con varios amigos para tratar de suavizar la postura, pero ya me adelantó que la ve perdida. Que no me haga muchas ilusiones —contestó el general con aire cansino y desganado.

—Ojalá que pueda hacerse algo.

Nos regresamos a Managua el lunes a las seis de la mañana, después de una noche cargada de reflexiones paternas acerca de la situación política. Para mis padres, empieza a ser preocupante el giro que han tomado los acontecimientos. La política externa empieza a tomar un papel decisivo en nuestro terruño.

Por la tarde volaron las noticias de que había una insurrección en Jinotega.

EL ATAQUE FINAL

Es viernes. Mi papa está muy nervioso porque el general deberá rendir un informe en la instalación del Congreso Nacional.

Con el semblante serio y la quijada tensa, Somoza pronunció su discurso. Entre varias cosas, dijo que debido a la crisis política que enfrenta su país no había podido cumplir con los programas de inversión pública ni con varias promesas más.

Estaba cansado.

La situación estaba rebasándolo.

Aquí ocurre que el gran peso de lo hecho y lo no hecho se suma a la agobiante carga que llevaba sobre sus hombros y dentro de su corazón.

A partir de este día, el general se enfrentó con lo que él llamó «el ataque final».

NUEVA REALIDAD

Fines de mayo

Empieza mi nueva realidad. A partir de lo vivido en los próximos días dejaría mi niñez y brotaría en mí una incipiente madurez, una adolescencia prematura con una forma distinta de ver y entender el mundo que me rodeó a partir de entonces. Hoy en día, cuando me preguntan: «¿Te acordás de todo eso? Si apenas tenías once años», es cuando contesto que estos acontecimientos marcaron mi antes y mi después. Fueron la división absoluta de mi vida: la vida antes y la vida después, mi frontera.

No podría estar más claro.

No podría haberla visto mejor sin esa línea divisoria.

Aprendí que la vida es efímera, que en un momento es tuya y que a los pocos minutos alguien más se la puede llevar.

Conocí el olor de la sangre…

A partir de las semanas que siguieron casi no vimos al general, porque la guerra empeoró en la ciudad y no se podía salir de las casas; sin embargo, mis padres hablaban con él bastante seguido.

Los ataques y las balaceras ya no son solo en el monte. Están en las esquinas y son recurrentes. Por lo pronto nosotras ya no vamos al colegio. Ha cerrado indefinidamente. Las monjitas quedaron en avisar a los padres de familia cuándo retomaríamos las clases. Ellas también están muy asustadas y rezan todo el tiempo por la paz de nuestra Nicaragua. No salimos a ningún lado. La vida de la población civil está paralizada, los comercios abren intermitentemente y «se corre la bola» de las tiendas abiertas para ir por algunas provisiones.

En la casa hay un radio de baterías que, además de las estaciones normales, sintoniza frecuencias tanto de la Guardia Nacional como de los sandinistas. Es un aparato del demonio que para los pelos de punta y que da puras malas noticias. Hoy por la noche las noticias reportaron combates en Rivas, en la frontera de León, en Las Minas y en Puerto Cabezas.

Esa voz del noticiero, esa voz, es un ave de mal agüero.

Los acontecimientos que marcan la vida pueden ser tan sencillos como un radio transmisor: una voz que da malas noticias y, entre una y otra desventura, deja salir alguna canción que se recuerda para siempre, no como una melodía, sino como un preámbulo de muerte…

Hasta hoy, a mis cincuenta años, mi fobia al escuchar noticias en la radio no ha sido superada. Nada más oír la voz del noticiero me da un vuelco el corazón.

REGRESO DEL ABUELO

Hoy volvió el abuelo.

Regresó de México por tierra para trasladar de una vez su carro Mercedes a Managua. La abuela ya había regresado en Lanica desde hacía una semana y había venido con mi tía Martha (la única hermana de mi mama) y con mi primito Éric.

Desde que mi mama vio al abuelo, le notó la falta de esperanza colgada de las pupilas y una calentura de más de cuarenta grados y medio.

—Hay que pedirle de favor al doctor que venga a verlo —le decía mi mama a la abuela, al momento que le pasaba paños helados al abuelo por todo el cuerpo—; esta fiebre está demasiado alta, no es normal; que venga a verlo ¡pero ya!

Y allí lo vi como nunca lo había visto: en calzoncillos, acostado en el cuarto de visitas. Tiritaba y decía puras cosas que nadie alcanzaba a entender. Mi abuelo, tan roble y fuerte. Me estremecí al oír sus incoherencias y ver que parecía un guiñapo. Había perdido una batalla y regresaba con sus heridas de guerra.

—Decile a Armando que vaya a traer al doctor, que le hable antes por teléfono para que esté listo y que se vaya con cuidado, hay balaceras por todos lados —gritaba la abuela con desesperación y con los ojos desorbitados.

El abuelo derretía el hielo que le pasaban por el cuerpo. Tenía la mirada perdida y la boca desencajada. Deliraba. Daba órdenes ininteligibles. Se veía como un moribundo. En el viaje por tierra de México a Nicaragua le había picado un zancudo terrible. Yo nunca había visto a nadie con tanta calentura. Por vez primera aprendí lo que eran un delirio y una convulsión. Hasta entonces jamás había oído de una enfermedad que diera por un piquete de zancudo y que se llamara *paludismo*.

Mi mama dijo que al abuelo se le había juntado todo y nos pusimos a rezar para que no se nos muriera…

INFILTRADOS

Se preparaba la ofensiva final, el viento traía presagios de pólvora y muerte. El transporte de armas por parte de los sandinistas alcanzó su máximo nivel. Edén Pastora, mejor conocido como Comandante Cero, había hecho tratos con Exaco, una empresa que tenía una flota de DC-6. Se abrió un puente aéreo entre La Habana (Cuba) y Liberia (Costa Rica) para el transporte de municiones, fusiles, lanzacohetes, morteros, granadas y armamento antiaéreo. En un mes y medio se introdujeron más de quinientas toneladas de armas. Muchos de los vuelos llevaban pasaje. Los clandestinos personajes bajaban de los aviones y desaparecían en la región del Guanacaste sin dejar huella, sin presentarse ante ningún oficial. La oficina de migración costarricense jamás tomó nota de dichos visitantes. Así fue como la revolución se colmó de cubanos, venezolanos y mexicanos.

La ofensiva del 24 de mayo consistió en abrir fuego de mortero a doscientos cincuenta metros de Peñas Blancas (frontera de Nicaragua con Costa Rica). Desde Costa Rica, dispararon intermitentemente. Comenzaron con diez rondas de cada mortero y pararon cuando el sol estaba en el cénit y el cielo engarubado. Distraían la atención de la Guardia Nacional mientras otro sector de combatientes rebeldes se infiltraba por El Naranjo. Para ese propósito se alistaron cuatrocientos sandinistas. Ni guardias ni revolucionarios esperaban la furia de la naturaleza, la madre regañando con enfado el pleito de los hijos: los siguientes siete días con sus noches llovió torrencialmente y los sandinistas tuvieron que atrincherarse. Cuando la lluvia amainó, los cuatrocientos atacantes se retiraron a una granja a reparar el armamento y a curarse una de las peores pesadillas de los combatientes: los hongos en ingles, sobacos y pies. Esta terrible calamidad hace que la piel despida un olor fuerte, se reseque y pique. Por el lugar en el que se encontraban combatiendo, dichos hongos tuvieron que ser remediados con infusiones a base de ajo y agua con sal.

Los hongos, el día a día de la guerra: no hay enemigo pequeño.

SE AGOTAN LAS MUNICIONES

Este día hubo un ataque a Jinotega desde Honduras. Más tarde, otro ataque cerca de Santa Cruz que vino desde Costa Rica; el objetivo era Nueva Guinea.

Usted estaba furioso de que sus vecinos resguardaran a los sandinistas.

Se lo gritaba a la prensa internacional.

Ya muy pocos lo escuchaban…

Los primeros días de junio hubo un ataque generalizado contra Managua, Masaya, Matagalpa, León, Chinandega y Estelí. La estrategia del Frente Sandinista era rodear el centro de la policía local, que también servía de puesto de mando para la Guardia Nacional de la localidad. Una vez rodeado el centro, atacaban desde todas partes.

Se recibían noticias desde Costa Rica: por Peñas Blancas entraba un ejército de cinco mil hombres. La Guardia ya no contaba con un reabastecimiento de armas, porque Jimmy Carter había solicitado un embargo.

Usted negoció con uno de sus mejores aliados: el gobierno de Israel. Le pagó por adelantado un cargamento importante de armas. Cuando las armas llegaron a Nicaragua, el capitán prefirió no atracar por temor a que le fuera a suceder algo al barco y, debido a la presión ejercida por Estados Unidos, Israel tomó la decisión de regresarlo sin entregar el armamento.

Usted consideraba que esas armas y municiones pudieron haber salvado a Nicaragua.

En junio se le acabaron las municiones y los dólares a la Guardia. Los sandinistas se abastecían a manos llenas de bazucas francesas, cohetes chinos, rifles, lanzagranadas y morteros.

ASALTO

2 de junio

Mi papa sabía que salir a la calle era muy peligroso, pero las cosas que urgen nunca pueden esperar. La responsabilidad del trabajo a veces se imprime en las personas como una necesidad. Mientras repasaba algunos pendientes (que a la postre jamás serían resueltos, por los siglos de los siglos, amén), escuchó gritos en el vestíbulo. Salió a ver qué ocurría y seis hombres fuertemente armados y encapuchados le apuntaron con sus armas. Vio que ya tenían a su socio en la oficina de enfrente y llevaban al cuidador amarrado de las manos y lo dirigían al baño.

—Mirá, hijueputa, si te movés te morís —salía la voz detrás de una capucha, al mismo tiempo que aventaba a mi papa al suelo, boca abajo, y lo jalaba del pelo.

—¿Dónde están los planos del búnker? —le gritaba mientras le estiraba más el cuello.

—No sé de qué me estás hablando, yo no tengo ningún plano del búnker.

—No te hagás el pendejo, hijueputa, sabés perfectamente lo que te estoy pidiendo.

—Te digo que no tenemos ningún plano del búnker. Si querés podés buscarlo por toda la oficina, pero no vas a encontrar nada —trataba de hablar mi papa, mientras seguían estirándolo de la espalda y le ponían la pistola en la cabeza.

—Es la última vez que te pregunto, comemierda, ¡decime dónde están los planos del búnker! —gritaba furioso el empistolado.

—Mirá, hombre, me podés matar, porque aquí no tenemos nada de eso.

—Revisen todos los escritorios, que no nos vamos sin antes llevarnos lo que buscamos —gritó de nuevo el encapuchado.

—Te digo que no hay nada, pierden su tiempo —decía mi papa, haciendo un inmenso esfuerzo por hablar.

—Mientras los compañeros siguen buscando los planos, te voy a dar una revisadita a ver qué me tenés —le comentó y le quitó la cartera y el reloj.

—Decime si tenés caja de seguridad. ¿Dónde guardan los reales? —gritaba el tipo de los pantalones caqui.

—Aquí no tenemos reales —decía mi papa—, es una oficina que no maneja efectivo. Como ves solo hay planos de construcción.

—Si no están los putos planos, nos llevamos todo lo demás. —Volvió a alzar la voz el tipo de caqui haciéndole una señal al grupo asaltante.

Tres de los encapuchados cargaban con todo: máquinas de escribir, teléfonos, letrasets y cuanta cosa se puede encontrar en un despacho de ingenieros civiles. Otros dos revisaban las oficinas mientras revolvían todo lo que veían.

—Parece que es todo lo que hay —dijo uno de los hombres.

—¡Vámonos!

Veinte minutos después de la fuga de los asaltantes apareció el mensajero y desató a mi papa. Él, todavía temblando, le marcó por teléfono a mi mama:

—Acaban de asaltar mi oficina, eran varios hombres encapuchados.

—¡Dios mío! ¿Pero estás bien? ¿No te golpearon?

—Gracias a Dios estoy bien.

—¿Se llevaron muchas cosas?

—Gracias a Dios no.

ESTADO DE SITIO

7 de junio de 1979

Se decreta estado de sitio. Los ciudadanos no pueden salir de sus casas después de las seis de la tarde. El toque de queda suspende las garantías individuales.

La nueva realidad me rebasó. En mi país se desató la cúspide de la guerra civil y las barbaridades que ocurrían en el monte ocurrieron también en la ciudad. Las balas no cesaron, cortaron el aire y atravesaron la piel de una manera salvaje. A punta de escuchar el sonido del infierno aprendí a reconocer las diferencias entre las detonaciones de pistola y las de metralleta, de los choques entre comandos y, luego, un bombardeo y otro, y otro. Las descargas de las armas, tan lejanas a las triquitracas del 8 de diciembre. ¿Qué hicimos para merecer esta cruenta guerra?, ¿por qué nos estábamos matando entre hermanos?, ¿qué pudo haber hecho un pueblo para que le coartaran la libertad de moverse?

El toque de queda fue oscuro y silencioso.

Aterrador y asfixiante.

No podíamos salir de casa; sin embargo, cualquiera que haya vivido una guerra ¿ha podido salir algún día de sus recuerdos?

¿DICTADOR?

El diabólico aparato radiofónico nos da la noticia de que el Frente Sandinista está atacando León. Ese departamento se encuentra a tan solo noventa kilómetros de Managua. La aprensión familiar sube de tono a pasos agigantados y puedo sentir la creciente angustia de mi madre.

—Deberías hablar con el general y preguntarle cómo ve la cosa de León —le dijo a mi papa.

Desde el día que pusieron el toque de queda nos hemos quedado encerrados en la casa. Ya no salimos casi a nada y mis papás platican mucho por teléfono con el general.

—General, ¿cómo ve la cosa en León? —le preguntó mi papa, mientras su mirada recorría la pared buscando explicaciones—. Sería preocupante que estos muchachos tomen el departamento. León representa la capital intelectual de Nicaragua.

—No te preocupés, estén tranquilos. Mi gobierno fue elegido democráticamente y tengo al pueblo de mi lado —le contestó el general desde el otro lado del teléfono—; esta es una situación pasajera; no obstante, vamos a resolverla. Por el momento no saqués a las niñas a la calle. Eviten salir lo más que puedan. Si nos vemos, los mando a recoger, pero por lo pronto quédense tranquilos. Estamos tratando de controlar la situación. La Guardia está peleando por León y no nos vamos a dejar.

—Avíseme cualquier cosa, general; como se podrá dar cuenta, la Ligia anda inquieta porque todo el tiempo estamos oyendo balaceras y está muy preocupada por las niñas.

—Decile que no se preocupe, las niñas son lo más importante. Si veo que la cosa se pone fea, yo les aviso inmediatamente. ¿Y ellas cómo están?, ¿les hace falta algo? —preguntó el general.

—Hasta el momento las veo tranquilitas, pasan jugando todo el día, pero cuando empiezan las balaceras se encierran en el cuarto y solamente abren los ojos asustadas. Ojalá que la cosa no dure mucho y ya puedan regresar al colegio.

—Perdé cuidado, las cosas tienen que tomar su cauce. Tarde o temprano la gente tiene que darse cuenta de que, si seguimos así, el pueblo se sometería a un comunismo inminente. No podemos amedrentarnos.

—Pero el problema es que en el extranjero no se dan cuenta. El gobierno de Jimmy Carter es proclive a los sandinistas y a usted lo tachan de dictador.

—Imaginate, vos, si yo fuera el dictador que dicen que soy, ya hubiera acabado con la guerrilla de una vez por todas y desde un principio hubiera expulsado a esos curas jesuitas que solamente envenenan a la juventud. ¿Vos creés que no me doy cuenta de lo que hace el cura Cardenal? Escudado en su sotana realiza actividades subversivas sin exponerlas públicamente, pero tiene envenenada con sus ideas marxistas a toda la juventud de la universidad. Yo no me he metido con la Universidad Nacional porque creo en su autonomía; sin embargo, si fuera el monstruo que dicen que soy, ya hubiera censurado esas actividades desde hace mucho tiempo. Lo mismo pasó con Pedro Joaquín, él trabajó con los jesuitas y con los funcionarios de la universidad, con los estudiantes y con el FSLN, y desde *La Prensa* no paraban de agredirme. Mirá que lo pude haber contenido y lo único que les di fue un exceso terrible de libertades, ese fue el problema. En fin, ya sabés como es esto de la política y no te abrumo más. Dale un beso de mi parte a las niñas y a Ligia. Te mando un abrazo, hombre.

—Bueno pues, general, cuídese mucho y estamos al tanto…

LAS GALLINAS

—¡Mama! ¡Corré, vení! Otra vez están pasando las personas que venden cosas —le grité a mi madre con ojos vivarachos y con ganas de salir a la puerta.

—¡No estés asomándote a la calle! Metete, que yo voy a ver qué venden —me regañó mientras se apuraba a recoger la billetera. Siempre que alguien pasaba había que correr a comprar lo que fuera, en tiempos de guerra uno nunca sabe lo que pueda necesitar.

—¡Zoraida, vení a ayudarme! —le gritó mi mama a la *china.*

Mientras las dos se asomaban a la puerta, varias personas con banderas blancas se acercaron. Al cabo de un rato las vi entrar con los brazos llenos. El cacareo de las gallinas era hermoso y también traían un costal con verduras.

—¿Cuántas gallinas compraste? —le pregunté a mi mama.

—Seis —me dijo con una gran sonrisa—; tenían las patas amarradas y las traía a todas de cabeza.

—¡Joooseliiiine! ¡Vení, ve, mi mama acaba de comprar otras gallinas! ¡Hay una que se parece a voooos!

Mi hermana vino corriendo del jardín trasero y, al llegar al patio donde habíamos instalado el corral, ya tenía la nariz sudorosa.

—Enséñenme las gallinas; las quiero ver, a ver, a ver. —Apuraba mientras abría sus grandes ojos oscuros.

—Mirá esa, es igualita a vos —le dije burlonamente.

—No es cierto, a la que se parece es a vos, ¡babosa!

Jugamos un ratote con las gallinas, ayudamos a cortarles los mecatitos de las patas y les pusimos nombre a todas, hasta que nos cansamos y nos fuimos al jardín trasero a mecernos en las hamacas.

Por la tarde, la Zoraida sacó una gallina de la jaulita y de un solo golpe le retorció el pescuezo. La plumífera quedó con la cabeza guindada y los ojos blancos. Era terrible. Luego la metió en agua hirviendo. Después de un rato largo, largo, la sacó y la fue desplumando al igual que una niña arranca pétalos a una flor, solo que las plumas eran muchas y lo hacía muy aprisa, cuando todavía estaban calientes. Aquello despedía un olor terrible y la gallina iba quedando con carne de gallina y sin vestido.

Esa fue la primera vez que vi el tétrico ritual tuercepescuezos y quitaplumas. Después me acostumbraría a lo que fuera…

Esa noche la Joseline no probó ni un bocado de la cena. Mientras lo hacíamos, la radio nos avisó que el Frente estaba atacando Matagalpa.

SIN ALIADOS

Después de que los cuatrocientos combatientes con hongos en el cuerpo se recuperaron un poco de tantas humedades, se reorganizó la fuerza y regresaron a la frontera, a Peñas Blancas. La desorganización y la confusión eran totales. No sabían hacia dónde dirigir el fuego. El general Somoza había enviado a su líder más destacado, al Comandante Bravo, acompañado de sus mejores tropas. También puso una denuncia ante la Organización de Estados Americanos de que lo estaban invadiendo desde territorio costarricense. La tarde del 9 de junio la Guardia Nacional anunció victoria en el sur. El Comandante Bravo convocó a los periodistas de la región y les enseñó las armas incautadas: cohetes chinos, cien fusiles (la mitad de ellos FAL), ametralladoras calibre .50 y una infinidad de cartuchos y pertrechos para todo tipo de armas. El general estaba solo. Ningún país le creía que lo estaban invadiendo (o por lo menos se hacían de la vista gorda).

LOS PRIMOS

Esta mañana mi papa volvió a darse una vuelta por su oficina. Regresó con la noticia de que la había dejado completamente enllavada, porque no sabía cuándo reanudarían labores. Seguía el desorden de cosas desde el día del asalto, ya que nadie se había atrevido a salir de sus casas y menos a poner orden en una oficina sin trabajo.

—La cosa está horrible, en el camino me topé con muchas barricadas y tuve que rodear caminos —dijo mi papa, muy preocupado—. Los combates están aquí cerca y hay balaceras por todos lados; es un suicidio salir. Los muchachos están haciendo paredes con los adoquines de la calle. Yo veo que los ataques son generalizados, están por todos lados. Tengo el presentimiento de que todo está saliéndose de control.

—Te dije que no salieras, pero nunca me hacés caso; ojalá que ya pronto acabe esta pesadilla —contestó mi madre muy afligida—. No volvás a salir, ¿me oíste?

—De ahora en adelante mejor nos quedamos en la casa. Las cosas están muy peligrosas para andar exponiéndonos. Como te digo, allá afuera todo es un caos.

—Fue lo que te dijo el general, pero sos terco. Solo hay que salir para lo urgente y en momentos de tregua. Se me olvidaba decirte que llamó tu hermana —contó mi mama— y dijo que por su casa las cosas están horribles y que preferiría venirse para acá con sus hijos. Por lo menos las niñas pasarán más distraídas en el día jugando con sus primos y se sentirán más acompañadas, y nosotros también.

Esa tarde llegaron mis tíos: Dennis y su esposa Coco (hermana de mi papa) de la mano de sus tres hijos, Carmen, Johanna y Dennis. Atravesar la ciudad les llevó la mar de tiempo, ya que había barricadas por todos lados y costaba mucho trabajo rodear las balaceras, que para entonces brotaban como hongos silvestres. Ahora teníamos casa llena y eso nos aliviaba los dolores de la guerra.

La tarde cayó lenta sobre Managua y mientras más oscurecía arreciaban más las balas. Esa noche el plomo se escuchaba tan solo a la vuelta y varios casquillos de proyectiles caían sobre el techo de la casa. La radio dio la noticia: el ataque estaba en Monseñor Lezcano, a tan solo unas cuadras.

Mis primos estaban con nosotras y escuchábamos la metralla acuclillados unos frente a los otros en el cuarto de mis padres. No estábamos viendo una película en el cine o en la televisión. Era nuestra realidad. Estábamos viviendo un Estado de sitio y una guerra entre hermanos. Los grandes ojos oscuros de mi hermana se mostraban la mar de serenos; reía mientras se le sonrojaban los cachetes; para ella era un juego o quiso convencerse de que estaba en un juego. En cambio, la Carmen, Johanna y yo estábamos asustadas. No podíamos platicar porque las balas apagaban nuestras voces, nos comunicábamos con la mirada y nos dijimos que teníamos miedo, que la guerra nos sorprendía y que preferíamos estar jugando.

LOS CADÁVERES

Amanecimos entre dos fuegos. Las balas no cesaron durante toda la noche y aun en el día siguen arreciando; el olor a pólvora se estaciona en mis fosas nasales. El combate es generalizado en toda Managua. Para complicar las cosas un poco más, se han situado francotiradores en los techos de algunas casas. Ellos son los que disparan en solitario y ya reconozco sus balas.

¿Cuándo acabará esta matanza? Por supuesto que tenemos prohibido acercarnos a las ventanas; sin embargo, la curiosidad va más allá de la razón. Diviso la calle desde dentro de la casa, escondida detrás de unos sillones y entre la celosía de ladrillos alcanzo a ver el infierno: está pasando un camión de redilas lleno de cadáveres. Los llevan apilados como costales y con el movimiento del camión les brincan los brazos y las piernas.

Están blancos porque les echaron cal…

La sangre se les ha vuelto negra…

No tienen zapatos…

Conservan trozos de ropa destruidos y sangrientos…

Muchos tienen los ojos abiertos, con la mirada perdida y una expresión que yo no conocía; algunos entrecierran los ojos y sus quijadas les guindan como si fueran marionetas…

Casi todos tienen barbas largas…

El camión pasa lentamente y los dos hombres que lo manejan portan un pañuelo en la nariz. Buscan más cadáveres con los que llenar su carga.

Los cuerpos sin vida se imprimen en mi memoria y esos recuerdos se quedarán allí hasta que mi cuerpo se quede sin vida también.

Esos rostros con esas expresiones…

Salgo corriendo a contar la macabra función. Mis padres están muy asustados y no hay nada peor para mí que saber que ellos también temen y, al parecer, temen con desmesura.

A OSCURAS

La intensidad de los combates entre la Guardia y el FSLN alcanza niveles insólitos. La novedad del día es que ahora no tenemos suministro eléctrico. Habíamos sido dichosos, ya que estábamos en uno de los pocos sectores de Managua que todavía tenían luz. A partir de hoy nos acostumbraríamos a vivir sin ella hasta nuestra inminente salida del país.

Las personas que vivimos en ciudades que cuentan con servicios básicos de agua potable y luz no nos percatamos de su valía. Damos por descontado el prender la tele y distraernos con ella, el poder realizar todas nuestras actividades mucho después de que el sol se ha marchado. Es algo que nunca nos ha faltado y siempre ha estado allí (a diferencia de las comunidades rurales, que no cuentan con esos servicios, y de los enguerrados en el monte). A pesar de perder la conveniencia de la luz eléctrica, aprendí a vivir en una noche «distinta». Los claroscuros se mecen al compás de las velas.

Sin el suministro eléctrico los sonidos de la ciudad se vuelven espectrales. Se escuchan las voces que salen de las casas vecinas, los ladridos de los perros, los motores de los *jeeps* de la Guardia, que son los únicos autos que pueden salir en el Estado de sitio.

Cuando los sonidos escampan traen consigo la certeza de que después de la calma vendrá la metralla...

y los gritos...

y los llantos...

y la muerte...

El radio de baterías de nuevo:

En el distrito industrial hay una fiera lucha. Los tanques de la Guardia Nacional patrullan la carretera Norte. Varios de ellos están apostados frente a las oficinas de La Prensa.

Más tarde, informados por la misma radio, nos enteramos de que dichos tanques abrieron fuego y destruyeron gran parte del edificio. La imprenta quedó hecha polvo. Dentro de *La Prensa* había un número reducido de personas trabajando, porque habían cesado su publicación una semana antes debido al regreso de la censura. Sobrevivieron de milagro...

BOMBARDEOS

Continúan los feroces ataques entre el Frente Sandinista y la Guardia Nacional.

He aprendido a reconocer un amplio espectro de armas; me inicié con las pistolas y algunas metralletas, pero ahora soy una experta en reconocer los sonidos de cañones, granadas y fusilería pesada. El revuelo de la fuerza aérea nos pone la carne de gallina, porque no sabemos adónde se les ocurrirá tirar su mortal carga. Los he visto de día aventar sus bombas. Verán, desde sus alas acarrean *rockets* que tiran a diestra y siniestra, se escuchan explosiones bien fuertes y me parece macabro imaginar lo que ocurre con las personas que están debajo: nicaragüenses como todos los que vivimos en este pedazo de tierra ensangrentada.

El día de hoy, los niños hemos pasado la mañana jugando cartas. Ya somos unos tahúres del continental. Hemos tenido que hacer varias pausas para guarecernos de las balaceras. Cuando la cosa se pone muy violenta, corremos al cuarto de mis papás (que es el más protegido) y nos tiramos en el piso. Así pasamos mucho rato, escuchando la muerte, hasta que los enguerrados se toman un respiro y nosotros podemos volver al juego. A mi hermana le cae en gracia toda la situación: no vamos al colegio y jugamos todo el día con mis primas. Gracias a Dios que no se da cuenta de que podríamos morir y por eso se le nota tan calmada y, en momentos, hasta divertida.

EL RADIO DEL INFIERNO

No pude dormir bien. Toda la santa noche sonaron las metrallas. Aquello parecía la fiesta de la Purísima Concepción en todas las casas de Managua al mismo tiempo y sin tregua. Cuando nos atrevimos a salir de los cuartos para desayunar, seguían los tiroteos. ¿Qué pasará hoy con los combatientes, que no cesan de disparar? No entiendo cómo no se hastían de matar tanto. Las balaceras están casi afuera de la barda de mi casa y han caído cientos de casquillos de bala en el techo, en los patios y en los jardines. La guerra se ha vuelto rabiosa y cruda; es la primera vez que la escucho así de enfurecida y su rugido es absoluto. Hoy la guerra es envolvente y estoy inmersa en ella, me aplasta.

Apenas pudimos desayunar unos huevos revueltos (que pusieron las gallinas que tenemos en el patio), una tostada de pan y un café con leche, y a correr de regreso a guarecernos. Me llenan de pánico los gritos que vienen de fuera; son unos alaridos desesperados, de esos que quisieran sostener la vida en ellos mismos.

Gritos a los que no les importa perderlo todo.

Gritos que más nunca serán escuchados.

Mis papás han puesto de nuevo el radio de onda corta y tienen caras largas. En un canal escuchamos a la Guardia Nacional y en otro a los sandinistas. En otro más están las noticias que alertan acerca del pillaje en la mayoría de los establecimientos. Eso dificulta comprar los bienes de primera necesidad en las tiendas. La única salida que tenemos para abastecernos es comprar las cosas a los mismos ladrones. Eso pone de pésimo humor a mi mama, pero opina que no hay de otra si quiere darles de comer a las hijas y a todos los que habitamos la casa.

Este día no hemos podido jugar bien a las cartas. Lo hemos pasado sentados en el cuarto de mis papás. Han sido horas interminables de tan solo mirarnos las caras. No podemos platicar porque, de tan fuertes los disparos, no se escuchan nuestras voces.

En la tarde nos hemos reunido para cenar, antes de que el sol se meta por completo y regresemos a la penumbra. Después de comer un gallopinto con queso y tortillas, las *chinas* han prendido veladoras porque ya cuesta trabajo vernos las caras. La oscuridad ha bajado como un telón cargado de mal presagio.

Mi papa ha vuelto a prender el radio…

—*Necesitamos refuerzos…, estamos apostados cerca del auto-taller Las Palmas* —escuchamos en el canal militar.

—Parece que es la Guardia y están en la esquina —dijo mi mama cerrando los ojos; todos volteamos a vernos como petrificados, sin decir palabra.

—*¡Si nos escuchan, manden refuerzos, que nos están dando puros pijazos! Ya tenemos muchas bajas y nos estamos quedando solos...*

—Están desesperados —dijo mi papa y tomó de la mano a mi mama.

—*Afuera hay puros sandinistas... Si hay algún equipo que se pueda movilizar a esta zona a apoyarnos, háganlo con rapidez... Estos culos cagados no dejan de volar verga y ya quedamos muy pocos... ¡Ayúdennos!, ¡por favor!, ¡jueputa, no hay tiempo!, ¡alguien que venga!* —Se oía a través del aparato. La balacera era ensordecedora y el estruendo que escuchábamos en tiempo real se replicaba como eco en la radio: estábamos en un fuego cruzado y éramos personajes incidentales dentro de él; rogábamos a Dios por que no fuéramos accidentales.

El olor a pólvora ahogaba nuestros pulmones.

Nos quedamos inmóviles ante el radio y solo pudimos acostarnos en el piso y proteger nuestras cabezas con las manos, como si aferrarnos en escuchar lo que sucedía nos librara de lo peor.

No podré arrancar de mi memoria los últimos gritos de aquel soldado que suplicó y suplicó, hasta que el silencio, traspasado por las balas, dio cuenta de que su vida había sido cortada de tajo.

Esa noche los fusiles no durmieron. Esa fue la noche que escuché el grito de la muerte.

ENTRARON LOS MUCHACHOS

14 de junio

Después de una noche de terror, y con la voz del soldado suplicante instalada en mis oídos, empezó a clarear. La luz no trajo sosiego, porque las balas silbaban sin tregua.

Alrededor del mediodía se escucharon fuertes golpes en la puerta principal. Parecía que querían derribarla. Los porrazos venían acompañados por gritos:

—¡Abran la puerta o la abrimos a tiros! ¡Abran! —Mi mama corrió a buscarnos y nos llevó a su cuarto.

—Quédense muy quietecitos y no se vayan a mover hasta que regrese —nos dijo con voz queda y con ojos suplicantes—; no vayan a salir por nada del mundo, se los ruego.

Entre tanto seguían los gritos:

—¡Abran la puerta!

—¡Ya voy, muchachos! —contestó mi mama, dirigiéndose a la entrada principal, mientras era tragada por una lejanía inquietante.

En ese momento vimos cómo mi papa entró al cuarto y guardó una pistola bajo el colchón y puso otra en el cajón de su mesa de noche. Estaba lívido y le temblaban las manos. Yo estaba aterrada. Pasó por mi mente un sinnúmero de imágenes de mi padre ensangrentado; la escena se fundía con los gritos del soldado de la noche anterior y los gritos de los «muchachos» tirando la puerta a golpes.

—¡Venimos a recoger todas las armas que tengan! ¡Aquí hay armas! —gritaban los muchachos.

Las voces crecían de igual manera que mi miedo.

—¡Queremos las armas!

Mi papa regresó y tomó la pistola que acababa de dejar en el cajón. De nuevo salió con premura al pasillo.

—¡Las armas!

—Aquí no tenemos nada, muchachos, solo esta vieja pistola, ¡llévensela! —escuchamos la voz de mi papa.

—Voy a ver si esconden algo allá —dijo uno de los combatientes y se encaminó por el pasillo que daba a los cuartos.

La voz creció hasta llegar al marco de la puerta.

Él entró al cuarto donde nos encontrábamos acuclillados y con las manos cubriendo nuestras cabezas.

Nosotros hacíamos una fila recargando la espalda en la pared como un pequeño pelotón de fusilamiento.

Él entró apuntando con la metralleta.

Nosotros éramos unos chavalos ojerosos y la mar de asustados.

Él tenía unos veinte años y también tenía miedo, también era un chavalo.

Nosotros llorábamos en silencio.

Él tenía los ojos salvajes, la frente raspada y el resto de la cara cubierta por un pañuelo rojo.

Nosotros lo miramos suplicantes.

Él nos recorrió con sus ojos.

Finalmente gritó:

—¡Compañero, vámonos, que aquí solo hay niños!

Cruzó de nuevo el umbral de la puerta.

Con él se fueron sus ropas gastadas y sus botas de combatiente.

En mí se quedaron sus ojos niños y el pañuelo rojo.

Fue un gran momento, intenso como pocos, desgarrador como muchos. Fue la primera vez que vi cara a cara a un combatiente sandinista y él me apuntaba con una ametralladora. Después de las innumerables historias de terror de los comunistas combatientes que solía contar la abuela, y que se escuchaban en todas las pláticas cercanas, por fin conocía a uno de los célebres endiablados. Los sandinistas estaban para matar a los somocistas y todo lo que yo sabía era que me había tocado nacer en el bando de Somoza. Era entonces la hora de mi muerte y tenía miedo. Pero lejos de morir con sus balas, en esos segundos donde nuestras miradas se escudriñaron, no hubo más que preguntas, esas preguntas importantes que no se hacen con palabras, sino con todos tus gestos, con toda tu esencia. Ambos quisimos saber de lucha y de patria, pero sobre todo de justicia.

Fue cuando empecé mi colección de por qués.

Esa tarde se desató un patrullaje intenso por todo el barrio donde vivíamos. Con el evento de los soldados acribillados y la visita del Frente a la casa estábamos en una zona de todos y a la vez de nadie; vivíamos en la colindancia entre los territorios somocista y sandinista. Esa noche llovieron los ataques en Monseñor Lezcano y en Altagracia. Las barricadas se levantaron con llantas viejas, adoquines y todo lo que se pudiera.

Managua se vistió de trinchera.

En ese momento de la tarde, cuando adivinás los rasgos de tu interlocutor, prendimos las velas; ya nos habíamos habituado a vivir sin energía eléctrica. Mis padres hablaban de la visita del Frente.

—Gracias a Dios que esos muchachos se portaron muy decentes. En el momento en que vieron a los niños decidieron irse —comentó mi mama.

—No quiero ni pensar qué hubiera pasado si supieran de nuestra amistad con el general —contestó mi papa.

—Nos hubieran llevado de rehenes.

—O nos hubieran acribillado aquí mismo.

—No nos hubieran hecho nada —dije. A nadie le importó mi comentario.

—Lo que más tristeza me da es que a esos pobres niños los traen de carne de cañón. Les lavan el cerebro y los mandan a morir —replicó mi mama.

En esas estábamos cuando empezamos a oír un ruidero de pailas. Eran alrededor de las ocho y la noche se mostraba arrojada y con ganas de cubrir las atrocidades de la guerra. El ruidero se hacía ensordecedor. Las personas caminaban en un grupo grande y mientras marchaban aporreaban las pailas, amedrentando a los moradores del barrio. Era un momento de tregua de tiros, pero ese ruido crispaba los nervios.

Mi madre no pudo esconder su miedo y lloró, y le preguntó a mi padre si no sería mejor salir del país.

A medianoche las cosas se pusieron peor. Ardía El Paisa, una gran tienda de carros y camiones; le acababan de prender fuego y estaba a tan solo unas cuadras de la gasolinera. Ambas a pocas cuadras de la casa…

Entonces fue el turno de mi padre, también se enmiedó y no pudo esconderlo…

EL MOTOR

Después de un día y una noche de sustos hay una pequeña tregua, lo cual hace que los saqueadores salgan a monetizar su botín y que los sitiados —en nuestras casas— compremos lo que nos ofrezcan.

El desfile de vendedores (a pesar del dolor y de lo impredecible de la guerra) es alegre y bullicioso, como casi todo lo nicaragüense. Vienen en grupo y ondean blancas banderas.

A través de las celosías de mi casa (porque hoy no me dejan salir más allá) logro ver pasar a todas esas mujeres estrenándose en el oficio de vender lo robado. La mayoría de ellas lleva su carga acomodada en la cabeza y viene gritando lo que trae. Los hombres llevan colgadas las cosas por todo el cuerpo y los más afortunados las cargan en carretas.

Mi padre se acerca a uno de los hombres, quien trae un objeto sorprendente.

—Ideay, vos, ¿qué traés allí? —le pregunta mi papa.

—Pues me dicen que es un motor para lancha de cincuenta caballos de fuerza —menciona el desdentado vendedor—, se lo dejo barato.

—¿Y vos para qué querés eso? —lo interroga mi mama, con ojos de absurda extrañeza.

—Pues por si acaso compramos una lancha después de la guerra, ya tenemos el motor.

—No me fregués, mejor compremos aquellas gallinas que trae esa señora.

—¡Señora! ¡Señora! Enséñeme las gallinas, ¿vienen sanitas?

—Claro, doñita, y ponen unos huevotes. Míreles los ojos, están buenas.

—Démelas pues.

—¿No sabe si alguien trae arroz y frijoles?

—Sí, allá atrás viene un señor de camisa azul con una carreta, él trae unos costales de arroz y también trae frijoles.

—¡Señor! ¡El de los costales! Déjeme lo que traiga de arroz y frijoles.

Así pasé un rato, entretenida con la novedad de los vendedores, sustraída del ruido de la metralla que se oía a la distancia. Embelesada con la magia de aquella gente que se abría camino entre barricadas y balas.

—Ya métanse, que se oyen balazos cercanos —dijo mi mama mientras entraba con las *chinas*, las gallinas y los costales de arroz y frijoles.

Mi papa las seguía con su motor de cincuenta caballos de fuerza…

OLOR A MUERTE

—¿Qué tal, Dino, cómo estás? —le preguntó mi papa por teléfono.

—Aquí, bastante preocupada por todo esto. ¿Cómo están la Ligia y las niñas? He oído que la cosa ha estado durísima cerca de tu casa.

—Pues en Monseñor Lezcano la cosa ha sido horrible, también en la carretera, pero gracias a Dios aquí en Las Palmas nos hemos defendido, aunque no dejan de llover balas.

—Tacho está muy consciente de cuidar esa zona, no te preocupés.

—El problema es que se sale de control. Hace algunos días nos quedamos a merced de los sandinistas. Hasta entraron a la casa. Antes habían matado a los guardias del cuartel de la esquina.

—¡Jodido, no me digás!, ¿ya le contaste a Tacho?

—La cosa es que no quiero darle un problema más de los que ya tiene. Nosotros estamos encerrados. Cualquier cosa que vea que se pone peor le llamo.

—Pues él ha estado todo el tiempo ocupado en el teléfono. Ya sabés, habla con los gringos a cada rato. Está tratando de negociar, mas la cosa está dura. Nos queda la esperanza de que ya intervengan los marines o los países de la OEA.

—Como bien dice el jefe, sería un suicidio que los americanos dejaran perder a Nicaragua. Se expandiría el comunismo al resto de Centroamérica.

—Tacho lo sabe y confía en el buen juicio de sus aliados, pero te voy a ser sincera; la cosa se está poniendo muy difícil. Como sabés, la huelga general sigue y Nicaragua está completamente paralizada en el sentido económico; lo único que se hace es pelear. Bueno pues, amor, manténgannos informados de lo que pasa con ustedes. Tacho anda muy ocupado, pero siempre me está preguntando por sus niñas. Si él no les habla, es porque anda como loco en reuniones y llamadas; no obstante, me dijo que hablara con vos y que le contara cómo están.

—Decile al jefe que no se preocupe, aquí seguimos hasta que él nos diga lo contrario.

Al mediodía se oyó una escandalera de balas y gritos. Al cabo de un rato, sonó el teléfono y el vecino de enfrente le avisó a mi papa que muy cerca de la entrada de nuestra casa había un hombre muerto. Mi papa y mi tío salieron a ver y regresaron con la noticia de que habían matado al muchacho que nos había «visitado» unos días antes.

—¡Pero era tan solo un chavalito! —dijo mi mama—. Pobrecito, ni siquiera su madre debe de estar enterada.

—¿Y qué hacemos con el cuerpo allá afuera? —le preguntó mi papa—. Con este calorón se va a descomponer en unas cuantas horas y puede ser un foco de infección.

—¡Hay que darle santa sepultura! —gritó la abuela.

—¿Cómo se le ocurre que lo vamos a enterrar? Si salimos, a nosotros también nos van a dar los francotiradores.

—Preguntale por teléfono al vecino si tiene alguna idea de qué hacer. Tiene como tres días que no veo a los que van levantando muertos. Y tenés razón, podría ser un foco de enfermedades.

Mientras los adultos trataban de solucionar el problema del cadáver, pude asomarme y ver el pañuelo rojo y las botas de combatiente. Tenía el pecho ensangrentado y había una estela escarlata en el piso. Me dolió. Él no me había disparado con su fusil cuando me tuvo frente a frente y, sin embargo, alguien había acabado con su corta vida. Era la segunda persona conocida que veía muerta; la primera había sido mi abuelo paterno y se me permitió permanecer a su lado en la vela. Este combatiente no tendría funeral alguno y ni siquiera su familia sabía que había muerto.

Los adultos salieron con la idea de «incinerar» el cuerpo y no sé de dónde consiguieron un galón de gasolina.

Se taparon la nariz y la boca, al igual que el combatiente. Rociaron el cuerpo y le prendieron fuego.

El olor a persona quemada, el pelo, las uñas y los huesos, me hizo pensar que en el infierno huele justamente a *eso.* Respiré el olor del miedo.

Me encerré en mi cuarto a llorar mi guerra.

Esa tarde escuchamos por el radio acerca del desalojo por parte de la Guardia Nacional de los barrios de Don Bosco, Luis Somoza y aledaños.

—¿Por qué los desalojan, papa? Si se van los guardias, se lo van a quedar los muchachos y eso es lo que el general no quiere.

—Desaloja a su gente porque va a bombardear a sus enemigos y no quiere bajas en el ejército.

Y las bombas duraron veintiuna horas.

Odié mirar esos aviones, que disparaban sus *rockets* para expulsar más odio y muerte…

Y siguió acumulándose mi colección de por qués y mi miedo.

LA HUELLA EN EL PAVIMENTO

Ahora los combates están en la zona oriental. Por nuestro barrio hay una calma sospechosa. Hemos descansado un poco de las balas, pero nunca hay que confiarse. Mis padres hablan de francotiradores apostados en algunos techos. Piensan que uno de ellos pudo haber matado a «nuestro muchacho», que sigue achicharrado allá afuera. No puedo dejar de pensarlo. Mis padres están inquietos porque quieren que ya vengan a recogerlo.

A eso de las dos de la tarde llegó el camión. Lo escuchamos y mi papa salió con un pañuelo en la boca a hacerle señas.

Se llevaron al muchacho.

Quedó la huella de su cuerpo en el pavimento.

Quedó la huella de su paso por la vida en mi memoria.

ULTIMÁTUM

18 de junio

Extrañamente ha sido una mañana de relativa calma. Hemos tenido balaceras aisladas, así que mi mama decidió aventurarse un poco y salir a hacer algunos mandados. No puedo creerlo, pero me dejó acompañarla. Fuimos a comprar pan donde la Tulita (que lo hace en casa) y a recoger un perrito del ingeniero López, quien se ha ido de Nicaragua y nos encargó su mascota. De camino a los mandados (que quedaban a unas pocas cuadras) puede ver las barricadas. Me dieron ganas de hacer una en la puerta de mi casa. Había mucho desorden en las calles y casi no se podía pasar con el auto. Tuvimos que esquivar adoquines, llantas, maderas y uno que otro árbol en el piso, mas regresamos sanas y salvas.

La venida del perro a la casa ha traído alegría a todos los chavalos. Todos queremos jugar y acariciar al perro nuevo, que se lleva bien con nuestras dos perritas. Es como un oasis dentro de la tormenta de la guerra. Yo creo que por eso fuimos a recogerlo, porque mi mama sabía que nos haría bien.

La tarde ha transcurrido tranquila aunque sigue la balacera. A través de la radio escuchamos que en El Dorado, la Nicarao y la 14 de Septiembre han pasado cosas horribles. Sangre y muerte.

Este fue un día muy intenso en la casa presidencial. El gobierno de Estados Unidos, por conducto del nuevo embajador en Nicaragua, Lawrence Pezzullo, se comunicó con Luis Pallais Debayle para decirle que abandonaba su postura de no intervención respecto a Nicaragua e hizo varias peticiones. Se pedía la formación de un gobierno nacional de reconstrucción con representantes del Partido Conservador, del Partido Liberal Nacionalista, del Frente Amplio de Oposición y, sorpresivamente, de algunos integrantes del FSLN (no los más radicales, por supuesto). Dicho gobierno de reconstrucción se debía dar a la tarea de convocar a elecciones apoyado por la OEA. Permitía que se quedara la Guardia Nacional, pero con un nuevo mando. Y aquí vino la amenaza: si Somoza coopera, se le dará asilo en Estados Unidos. Si Somoza no coopera, habría sanciones y Nicaragua estará sumida en un grave aislamiento. El Departamento de Estado daba un ultimátum y quería una respuesta a más tardar al día siguiente, 19 de junio.

El general convocó a una reunión de emergencia, en la cual estuvieron presentes Anastasio Somoza hijo, el general José Somoza, el gobierno y los jefes del partido. Según Luis Pallais, al general le provocó un profundo resentimiento ese ultimátum. Sin embargo, se comunicó con el embajador Pezzullo y le respondió que el general estaba de acuerdo en dimitir y en formar el gobierno de reconstrucción, siempre y cuando se crearan las circunstancias para una transición ordenada bajo la mirada de la OEA. También pidió la no extradición para él y su familia, y un visado de exilio para vivir en Estados Unidos.

Irónicamente para nosotros, hubo algo de calma y, como les cuento, se siente la mar de extraño acostarte con el sonido de balas aisladas y no con la metralla escupiendo furiosa.

OTRA VEZ EL CORAZÓN

Hoy amanecimos con la noticia de que a mi papa le duele el corazón.

Pues ahora, en plena guerra, mi papa se vuelve a sentir mal. A mi mama le preocupaba mucho la dificultad de trasladarse en Managua en caso de alguna emergencia, pero el doctor pudo llegar a la casa a revisarlo. Le hizo un electrocardiograma con un aparato portátil y le mandó reposo relativo.

En nuestro encierro, a pesar de tanta calamidad, prevalece la calma. Escuchamos en la radio que la ciudad de León y la mitad oriental de Managua están tomadas por los sandinistas. En ese sector de la ciudad hay una relativa tranquilidad, pero dicen que está muy destruido por los saqueos. La Guardia Nacional sigue bombardeando los barrios de El Dorado, la Nicarao y la 14 de Septiembre.

Es una cosa terrible que se esté acabando con tantas vidas...

MATAN A BILL STUART

20 de junio

Después de algunos días de calma, vuelven las balaceras. Los combates arden en la zona occidental de Managua, en la zona sur y en Juigalpa. La radio anuncia la muerte del comandante interino del fortín de Acosaco, en León.

Por la noche el general habló a la casa para platicar con mi papa.

—Aló, Humberto, ¿cómo estás?

—Bien, general, un poco cansado y en reposo porque tuve un poco de dolor de pecho, pero no es nada, ya me siento más repuesto.

—¡No me digás! ¿Y ya te vio el doctor?

—Sí, vino ayer un rato; me dijo que no me preocupara, que guardara reposo y ya. Yo creo que para mañana estoy bien.

—Si necesitás cualquier cosa, avisame, por favor. Si querés que te mande a traer, decime.

—No se preocupe, general, por acá estamos bien. ¿Cómo van las cosas por allá?

—Fijate que bien fregado. Además de todos los problemas diplomáticos que traemos con los americanos, hoy pasó una cosa horrible. Un guardia mató a un corresponsal de la ABC, un periodista llamado Bill Stewart.

—Pero ¿cómo fue?

—Fijate que el corresponsal iba camino al hotel Intercontinental, vos sabés que allí se están concentrando todos los periodistas. Él venía con su traductor (un nicaragüense de nombre Espinoza), y con dos personas más, su camarógrafo y el técnico de sonido. Pues creerás que en el barrio Riguero fueron detenidos por un puesto de la Guardia; al parecer con tantas barricadas se tuvieron que meter por allí. Cuando les hicieron el alto, el periodista se bajó con el traductor mientras enseñaban sus acreditaciones de prensa. Pues fijate que el alistado lo puso primero de rodillas y después en el piso, le dio una patada en el costado y después le pegó un tiro en la nuca. También mataron a Espinoza. Para colmo de males, el camarógrafo que lo acompañaba grabó todo en su minicam y volvieron al Intercontinental. Desde allí están transmitiendo la noticia. Esto es una cosa horrible.

—Pero ¿por qué lo mató?

—Fijate que me dicen que el guardia estaba destacado en una avanzada que llevaba varios días bajo fuego enemigo y que no había dormido. El soldado no razonó como es debido y cometió un error fatal. Estoy bien preocupado porque la opinión pública va a estar furiosa y no sé cómo lo vayan a tomar los norteamericanos.

—Seguramente lo tomarán a mal, los periodistas son testigos de guerra y deben ser intocables.

—Pues ya me avisaron que los demás periodistas que se hospedan en el Intercontinental van a hacer una rueda de prensa para fijar su postura ante la muerte de su compañero.

—La cosa se ve bastante difícil.

—Pues sí, hombre, fijate que hoy anunciamos que está prohibida la salida de hombres del país. Solo permitiremos que salgan mujeres y niños.

—¿No cree que con el anuncio haya una desbandada?

—Espero que no. Tengo fe en que las cosas mejoren y que los norteamericanos se den cuenta de que lo que sucedió hoy fue un gravísimo error, cometido por una persona en una situación fuera de la normalidad, y que no es la postura de la Guardia Nacional y mucho menos de mi gobierno. Yo estoy defendiendo a Nicaragua de los comunistas y esa debe de ser una razón de peso para que me apoyen.

—Pero la opinión pública pesa mucho y seguramente van a estar arrechos.

—Veamos qué pasa. Por lo pronto cuidate y avisame cómo seguís. Hablame mañana y nos contamos cómo van las cosas.

—Claro que sí, general, cuídese usted también.

SE LO LLEVAN

Hoy estamos peor que ayer. Si antes bombardeaba la Guardia Nacional a diestra y siniestra, ahora también lo hace el Frente. Yo creo que ya ninguno de los dos bandos sabe a qué le da; simplemente avientan muerte y destrozan vidas civiles. Mis papás están acongojados porque dicen que están matando a la población y que muchos no tienen ni vela en el entierro. Dejaron caer como treinta bombas en Managua. Nos llueve fuego del cielo y no hay ni para dónde hacernos. Lo único es rezar y quedarnos quietecitos al ras del piso. Esto de las bombas es lo peor de la guerra. Odio ver esos aviones que de sus alas avientan toda esa carga mortal. Se ven de todos lados. Si nos vamos al jardín, podemos verlos igualito que en las películas de la Segunda Guerra Mundial. Mi abuelo hasta nos dice qué tipo de aviones son y el alcance que tienen. Por lo menos tenemos a alguien que sabe lo que pasa y que nos lo puede narrar en persona.

La guerra harta.

Hoy por la tarde sucedió algo muy feo. Vinieron varios *jeeps* de la Guardia Nacional y se estacionaron frente a la casa de las Cuadra. Esas cuatro niñas van con nosotras al colegio. Su papa se llama Bayardo, trabaja para el IFAGAN. Yo estaba asomada en las celosías de la sala y vi cómo los guardias se llevaron a don Bayardo. Estuvo terrible, porque llevaba las manos esposadas en la espalda y además le pusieron una funda negra en la cabeza. Pobres de mis amigas, deben de estar la mar de asustadas; yo no quisiera que nadie se llevara a mi papa ni a la gente que quiero.

Ojalá que lo regresen pronto...

INICIA EL ÉXODO

Viernes 22 de junio

Mi tía Martha decidió marcharse con mi primo. Se quiere regresar a México lo antes posible. Mi primito le tiene pavor a las balas y siempre que estamos en una balacera fuerte se acuclilla y se tapa los oídos con las dos manos. Mi tía dice que le urge sacarlo de Nicaragua. El problema es la salida de Managua. Hay muy pocos vuelos.

Mis papás fueron a llevarlos al aeropuerto. Cuando regresaron, nos contaron que fue toda una odisea llegar hasta allí. Se tuvieron que ir en una caravana de la Cruz Roja y de la embajada de Honduras. En la carretera encontraron varios retenes. El aeropuerto estaba a reventar y la gente compraba pasajes al contado y sin cupo. Solamente están realizando vuelos las líneas Lanica y Sasa. La mayoría de los aviones son de refugiados. Mi papa aprovechó y compró pasajes (sin cupo) para el domingo, ya perdió la cuenta de los pasajes que ha ido comprando. Solo hay vuelos a Guatemala y a Miami, que son los únicos lugares a los que vuela Lanica. Mis padres están la mar de preocupados por nosotras y piensan en salir por unos días del país, por lo menos hasta que cese la crisis en Managua. El general les dice que no se preocupen, que estamos bien y que él sigue fuerte, pero mis papás empiezan a perder la fe. Ya llevamos un mes bajo una incesante lluvia de balas...

Con la partida de mi tía y de mi primito la casa quedó con un enorme vacío; se siente una oquedad ingobernable. La tristeza se cuelga de las paredes y todos tenemos caras largas.

SALGAN DEL PAÍS

Sábado 23 de junio

El cerco sandinista aprieta al país. Están tomadas las ciudades de Masaya, Matagalpa, León, Guasule, Las Manos y la mitad de Managua. La radio informó que el Frente tomó un avión de Lanica y dos barcos de la Mamenic (la naviera del general).

Hoy hubo una reunión especial de la Organización de Estados Americanos, en la cual se resolvió pedir la renuncia y sustitución del gobierno somocista. Dos países votaron en contra: Nicaragua y Paraguay. Chile, El Salvador, Guatemala y Honduras se abstuvieron de votar.

Sonó el teléfono.

—Ideay, Humberto, ¿cómo están?

—Un poco nerviosos, general. ¿Cómo van las cosas por allá?

—Fijate que bastante mal. Hoy en la reunión de la OEA pidieron la renuncia del gobierno. Veo casi imposible una solución política a este conflicto. No te asustés, pero creo que sería prudente que pusieras en resguardo a la familia. Acabo de escribir en un papel mi carta de renuncia para llevarla conmigo y presentarla cuando sea necesario. Tal vez sería prudente que salieran del país hasta que arreglemos la situación.

—Qué mala noticia, general. Haré las vueltas necesarias para sacar a Ligia y a las niñas.

—Andate con ellas, por lo pronto no hacés nada aquí. Mejor acompañalas y regresás cuando se mejore la situación.

—Bueno, pues así lo haré.

Hay mucha tensión en mi casa. Mis padres están nerviosos y mi abuela, cual rezando letanías, repite incesante que los sandinistas son comunistas y que lo vamos a perder todo, que la guerra y el comunismo son peores que los terremotos porque destruyen familias, no solo patrimonios. Ahora sí parece casa de locos; además de las balas, se escuchan las letanías de la abuela y la realidad está envuelta en un sinsentido, en un manto surrealista que aterra.

Ya bien entrada la noche, mi madre trabaja como hormiguita guardando miles de fotos familiares con el general. Las está arrancando de los álbumes y las está guardando en bolsas.

—Ma, ¿por qué estás arrancando las fotos y metiéndolas en esas bolsas?

—Porque, si el Frente toma la casa, no me gustaría que estas fotos cayeran en sus manos. Son fotografías muy íntimas de momentos familiares y no quiero comprometer a nadie. Debemos esconderlas —me contesta, mientras les echa un vistazo melancólico.

—¿Y si las tirás a la basura?

—Alguien puede tomarlas. Además estoy siendo bien extrema; si no pasa nada, las volvemos a sacar de su escondite. No hay copias y sería una pena perderlas por miedo. Quiero conservarlas en un lugar seguro.

—¿Y ya sabés dónde las vas a meter? —le pregunté al momento de ayudarla con otro álbum.

—Tu papa dice que hay un espacio entre la losa y el techo, y que allí se pueden quedar resguardadas si decidimos salir del país por unos días.

—Pero vamos a volver pronto, ¿verdad?

—Por lo menos hasta que cesen las balaceras y se llegue a un arreglo. Sufro mucho de que ustedes estén en medio de toda esta guerra, quisiera protegerlas siempre. Además no estamos haciendo nada aquí: ustedes no van al colegio y nosotros no podemos salir a trabajar. Si tu papa sigue sintiéndose mal, en el extranjero podemos conseguir un buen médico que lo revise.

—¿Y ya saben a dónde nos vamos a ir?

—Lo primero es salir del país, a donde sea; después podríamos instalarnos provisionalmente en el departamento de los abuelos en México o irnos a Estados Unidos.

—Pero los abuelos dejaron vacío su departamento. Mi abuelita llama todos los días a quién sabe quién preguntando por su menaje de casa.

—Ya sé, mamita, pero por lo menos hay un techo.

FRUSTRACIÓN

Domingo 24 de junio

Amanecimos enviajados. Mi mama repetía interminables instrucciones a las empleadas:

—No dejen entrar a nadie que aquí están seguras. Cuiden mucho a las perritas. Les dejo dinero para que compren víveres para los próximos días (nosotros regresaremos pronto), no salgan a la calle, no se expongan.

Pasé un largo rato despidiéndome de la Suany y de la Lady, del perro que nos encargó el ingeniero y de la Rosita (la lora). Eran lo que más extrañaría de aquella casa. Subimos al auto. El plan era llegar al aeropuerto escoltados por dos ambulancias de la Cruz Roja. Salimos en caravana y con solo una pequeña maleta de mano. Hubo que rodear varias manzanas, ya que las calles estaban tapadas por las barricadas. Pasamos por varias zonas de conflicto, pero gracias a Dios llegamos bien.

El aeropuerto era un hervidero de gente. Todos los mostradores estaban repletos de personas que querían salir del país. No había cupo para ningún lado. Mi papa logró comprar boletos de nuevo para salir a Miami. Eran vía Guatemala. Ya en la revisión de los pasaportes nos dieron la mala noticia:

—¿Quiénes son los que viajan?

—Mi esposa, mis hijas, mis suegros y yo.

—El señor Argüello no puede salir del país.

—¿Por qué no?

—Porque es militar.

—Tiene razón, es militar, pero ya pasa los sesenta años.

—No importa, estamos en tiempos de guerra y no puede dejar el país.

—Vamos a arreglarlo; por favor, devuélvame el pasaporte.

—Lo siento, tengo que retenerlo.

Entramos en pánico. Mi mama lloraba como Magdalena, mi papa estaba lívido y la abuela no hacía otra cosa que gritar. Yo no quería irme del aeropuerto. Allí me sentía segura. No quería tomar el camino de regreso a casa, me aterraba volver a pasar por las barricadas y que fueran a matarnos.

—¿Qué hacemos? —preguntó mi mama con ojos suplicantes y anegados.

—Pues nos regresamos todos. Debemos arreglar el problema de tu papa. No podemos dejarlo solo porque será más difícil que él haga el trámite.

—¿Y si se nos va el avión? —pregunté, a punto de arrancar en lágrimas.

—No te preocupés, mamita, trataremos de conseguir otro vuelo.

—Pero ya no hay aviones, vámonos por favor, te lo suplico, papito.

—No podemos dejar solo a tu abuelito —me contestó mi papa con mirada triste.

—Hay que marcarle al general para que podamos irnos ya —volvió a suplicar mi mama—, tal vez le haga un salvoconducto.

Desde el aeropuerto fue imposible la comunicación con el general, así que tuvimos que volver a casa. Las balaceras habían arreciado y nos tardamos mucho más tiempo en regresar. Nos recibió mi tía Coco en la puerta.

—Ideay, ¿qué pasó?, ¿no encontraron vuelos?

—Pues fijate que tuvimos la suerte de encontrar un vuelo a Miami, pero lamentablemente nos retuvieron el pasaporte de mi suegro y nos regresamos todos.

—¿Y les van a devolver el pasaporte?

—Primero tenemos que tramitar un salvoconducto para que lo dejen salir del país y después hay que recoger el pasaporte.

—¡Qué vaina! Ojalá que el trámite salga pronto.

—Dios quiera, tengo que hablar con el general para arreglarlo.

Mi papa habló con el general y él le contestó que no había ningún problema. Mi padre lo recogería al día siguiente. Se le oía fastidiado y triste.

—Mirá, Humberto, las cosas no están saliendo muy bien que digamos. Me alegra que te llevés a las niñas al menos por un rato. —Se escuchó la voz del general.

—Ligia está muy preocupada por ellas y piensa que lo mejor es salir unos días del país hasta que las cosas se calmen un poco —contestó mi papa.

—No te preocupés, hombre, es una buena decisión. De todas maneras, cualquier cosa yo te aviso. Estaremos en contacto telefónico. Los voy a extrañar.

—Nosotros también lo vamos a extrañar. Cuídese mucho. Me da pendiente dejarlo en estos momentos.

—Ya te dije que no te preocupés, lo más importante es la seguridad de las niñas. Nos vemos pronto.

—Seguro, general.

Por la noche habló Dinorah con mi papa.

—Ya me dijo Tacho que salen unos días del país.

—Sí, Dino, la Ligia está preocupada por las muchachas. Ya están cansadas de tanta bala. Además, ya se fue su hermana para México y allí estarán más seguras.

—Tiene razón, pobrecitas. Estos pijazos las deben de tener muy asustadas. Mirá, Humberto, hoy fue un día muy difícil para Tacho. Por como vemos las cosas, yo creo que te tenés que ir preparando para la pampa.

—¿Vos creés?

—Sí. La cosa se está poniendo muy difícil y Tacho está viendo sus posibles salidas. Nosotros les avisamos de cualquier cosa.

—Me había dicho algo por la mañana, pero no pensé que ya hubiera tomado una decisión.

—Todavía no; está pensando en las alternativas. Nosotros les avisamos de la decisión en cuanto la tome. Tacho quiere que lo acompañés a donde vaya.

—No te preocupés, mujer, estaremos en contacto.

Si recuerdo ese día, pienso en frustración.

Pienso en impotencia.

Siento miedo.

Ya no quiero más guerra, por favor. Hoy por la mañana soñaba en que sería el último día de balas y no fue así…

EL ANIMAL AHORCADO

Lunes 25 de junio

Mi papa salió de la casa a recoger el salvoconducto del abuelo. Siguen los bombardeos en Bello Horizonte. La ciudad se encuentra inestable, como todo lo que la rodea. Al mediodía fuimos a la quinta de mi abuela. Ella decía que tenía que dejar resueltos varios pendientes. Pasamos una tarde tranquila porque en la quinta no había combates. Mi mama platicaba con las *chinas* encargadas del cuido de la propiedad, mientras la Joseline, mis primos y yo nos trepábamos a los árboles. Por fin pudimos jugar fuera de la casa; recordamos por unos instantes lo que era ser niños. La tranquilidad de esa tarde sirvió para recuperar las fuerzas y no percibir la aprensión de no querer estar en la guerra. Fue como un vaso de agua templada cuando te estás muriendo de sed. Para mí los árboles son como una conexión con la tierra: los huelo y los trepo. Había estado lloviendo; las ramas estaban resbalosas y dificultaban la escalada. Se vestían de todos los verdes y por unos instantes fui feliz.

Regresamos a casa temprano (antes del toque de queda, por supuesto) y al llegar a la esquina les señalé a mis padres un animal ahorcado en los cables de luz. La visión era macabra. Alguien deliberadamente había sacrificado un animal y lo había colgado justo por donde tendríamos que pasar para llegar a casa.

Mis padres supieron que era una señal directa de que teníamos que marcharnos, y mientras más pronto, mejor.

ADIÓS, MANAGUA

Martes 26 de junio

Viajamos al aeropuerto para volver a tratar de salir del país. De nuevo nos escoltaban las ambulancias de la Cruz Roja. Los muchachos que las manejaban ya estaban curtidos de asombro y dolor. Parecía que no le tenían miedo a nada ni a nadie. Héroes anónimos recogecuerpos y recogeheridos deambulando por las peligrosas calles. ¿Qué los hace quedarse en su ambulancia?, ¿el deber?, ¿una fortaleza que va más allá del terror de la guerra?, ¿una sangre a veinte grados centígrados?

Tuvimos que andar por caminos vecinales porque la carretera hacia el aeropuerto era un campo de batalla; sin embargo, el trayecto fue horroroso.

No estaba preparada para lo que mirarían mis ojos.

De hecho, ningún ser humano lleva en su naturaleza gozar la destrucción de su propia especie.

Las barricadas pasaron a ser un juego de niños y alcanzaron otro nivel. Mi medida de lo atroz subió de golpe: en los postes de luz había guardias colgados. Era una masacre inimaginable. Una estampa de horror. Se sucedían uno tras otro. Pendían los cuerpos ahorcados...

Ya sin botas.

Ya sin armas.

Con las extremidades inertes y guiñolescas.

Con los ojos desorbitados y varios con la lengua colgando.

Tenían el rostro azulado.

Tuve una visión del infierno.

El pavor se apoderó de mí. Los músculos se me hicieron pesados y no podía mover ni los brazos. Escuchaba a rienda suelta los latidos del corazón.

Lo único que quise fue huir, irme para siempre de aquel averno, salir de una vez por todas de mi temida Managua.

Y le pregunto, general, ¿era necesario que los nicaragüenses llegaran a ese extremo?, ¿que se mataran y además hicieran un espectáculo macabro? Me da asco y repulsión.

La rabia duerme, mas nunca muere. Se siembra en los corazones la semilla del terror y no sabemos cuándo florecerá.

A veces lo terrible que vemos en los noticieros y nuestro comportamiento ante el dolor de los demás es incoherente. La sangre y la desgracia que observamos como televidentes las vemos como otro «comercial». Si nos alcanzan a tocar el corazón, lo olvidamos en unos minutos y seguimos con nuestras tareas. En cambio, observar en carne y hueso el dolor ajeno marca para siempre las neuronas y no podemos seguir siendo las mismas personas.

Son momentos que te rompen y sellan tu existencia.

Aprendí que el odio tiene muchas formas y que, cuando este atrapa al hombre, «la sed de justicia y libertad» aunada con la guerra, el cansancio y la costumbre de arrancar vidas puede alcanzar atrocidades insospechadas...

Llegamos al aeropuerto como pudimos (física y mentalmente). El pequeño edificio blanco era otro desastre: los aviones que llegaban con ayuda humanitaria se estacionaban lejos de la terminal y eran asaltados por guardias o gente que huía de la guerra. Era un caos. Todos temían. La hermana de mi papa y mis primos Carmen, Johanna y Dennis se quedaron en nuestra casa, no quisieron salir del país en ese momento.

Logramos alcanzar en la pista un avión de Lanica que volaba hacia Guatemala. Nos subimos con lo que traíamos en las manos. Mi mama cargaba con la Purísima. La pequeña maleta con lo necesario quedó tirada en la terminal. Subimos los abuelos, mis padres, mi hermana y yo. A través de la ventanilla del avión divisé mi tierra. Llovía y el cielo estaba garubado. No me despedí de Managua porque le tuve miedo. Quería alejarme y pronto.

Lo que no supe en esos momentos era que pasarían treinta años antes de que volviera a respirar su olor y a sentir su calor.

Cuando el avión ascendía, escuché que el pasajero de la fila de adelante comentaba con su compañera de vuelo que esperaba que no nos dispararan y que no fueran a hacer estallar el avión. Volvieron mis miedos. Deseaba hundirme en un sueño y que todo fuese olvidado a la mañana siguiente. Quise recuperar mi niñez y la inocencia de mis ojos. Revolver en mis asqueadas entrañas y encontrar la paz.

Pensé en la Suany (mi perrita) y en lo triste que había quedado sin mi hermana y sin mí.

Llegamos a Guatemala. Después de una breve consulta entre los adultos, decidieron comprar boletos para viajar a la Ciudad de México. Allí por lo menos los abuelos habían dejado un techo, sin nada, pero un techo ya es una casa. En cambio, en Guatemala, no teníamos ni eso y además ese país está a un paso de Nicaragua, y allí estaba la guerra...

Hicimos una breve escala y a las cinco de la tarde salimos por Aviateca a Ciudad de México. Llegamos por la noche. También llovía.

Al cruzar Migración nos retuvieron a todos en un pequeño cuarto. El problema era que varios de la familia viajaban con pasaporte diplomático y, desde que México había roto relaciones diplomáticas con Nicaragua, esos pasaportes quedaban invalidados. Mi madre estaba aterrada. Mis padres no querían ni pensar que pudiésemos ser deportados a Managua. Las horas que pasamos allí encerrados fueron muy angustiosas. Yo me preguntaba si la pesadilla seguía y si tendríamos que volver a la guerra. El miedo superaba mis fuerzas y ya me sentía cansada. Le rogué a Dios que no regresara a las balas. En mi precaria adolescencia, me sentí una mujer vieja y sufrida, sin un lugar al que llegar y donde sentir paz.

Los abuelos lograron negociar la estancia de la familia en el país a cambio de una «garantía» depositada en un fideicomiso para tales efectos. La garantía fue solventada con los ahorros que la abuela había juntado poco a poco en los dieciséis años que vivió en México.

Tengo tan presente los ojos anegados de mi madre. No paró de llorar desde que salimos de la casa de Managua. Lloraba con ese sentimiento de profunda tristeza. Era una congoja que no tenía remedio, nada la consolaba. Y no hay nada más desolador a los once años que ver a tu madre llorar y sumirse en el mar de la nostalgia.

Salimos del aeropuerto y nos fuimos en taxi al departamento de los abuelos. Fue una fortuna encontrar que las personas que empacaron y trasladaron el menaje de casa de México a Nicaragua habían dejado atrás los colchones con sus bases. Bajamos los colchones al piso y, tomando en cuenta las bases, ya teníamos suficiente lugar para dormir.

Nos sentamos en ellos y nos quedamos viendo las caras.

Nadie dijo nada.

No sabíamos, pero vivíamos una vuelta de tuerca, una jugarreta de la suerte. A partir de ese punto en la línea del tiempo comenzaba nuestra nueva realidad. Habría que construir una nueva vida empezando de cero. Trabajar sin cansancio para salir adelante en tierra ajena.

Ese fue el día de las despedidas sin despedidas...

El día del desprendimiento...

El preciso instante del doloroso desarraigo...

AMANECER MEXICANO

Miércoles 27 de junio

Amanecimos en la nueva casa, no teníamos nada que hacer. Era extraño escuchar los sonidos propios de la Ciudad de México (autos, autobuses, cláxones), ruidos tan distantes a la enguerrada Managua, en donde el sonido de las balas era el incesante telón de fondo. México huele a humo y gasolina. Desde que venía en el avión pude percibirlo. Cuando salimos del aeropuerto, el olor se volvió más penetrante y no se quitó ni siquiera cuando llegamos al departamento.

El plan consistía en pasar algunas semanas en México hasta que se resolviera algo en Nicaragua. Así que esas semanas que vendrían serían como de «latencia». No estábamos de vacaciones y tampoco teníamos el ánimo ni los recursos para «ir a pasear». Lo que había que hacer era ir al supermercado más cercano (ya que todo lo haríamos a pie) a comprar víveres.

Durante nuestra corta caminata al Sumesa, nos echamos pecho tierra cuando el escape de un taxi hizo una pequeña explosión. Me dio hasta taquicardia. Veníamos condicionados a protegernos de las balas y el instinto no razona.

Por la noche, los vecinos nos informaron que los sandinistas habían bombardeado el búnker del presidente. Lo habían visto en las noticias de Jacobo Zabludovsky.

Nos preocupamos mucho por la salud del general y ya casi de madrugada mi papa logró hablar por teléfono con él.

—¿Qué tal, general? Supimos de la noticia del bombardeo, ¿cómo se encuentra?

—Fijate, flaco, que gracias a Dios estamos bien. ¿Ustedes qué tal?

—Pues aquí en México. Ayer tomamos un avión a Guatemala, pero decidimos venirnos para acá.

—Me alegro mucho de que estén a salvo en México. ¿Se están quedando en el departamento de tus suegros?

—Sí, general, aquí estamos por el momento. Mi suegra se llevó a Nicaragua todo su menaje de casa y no tenemos ni muebles, pero gracias a Dios ya estamos seguros. Fíjese que tuvimos muchos problemas para que nos dejaran entrar al país, pero finalmente nos dieron permiso. Tenemos treinta días. Yo creo que es suficiente tiempo para decidir qué vamos a hacer.

—Pues sí, hombre, la situación aquí se está poniendo muy difícil. Cada vez está más duro el tema de llegar a un arreglo, tanto con los sandinistas como con los norteamericanos. Ya estaremos en contacto y te iré platicando cómo veo las cosas. Después de todo tomaste una buena decisión en sacar a la familia. Y ¿qué se oye en las noticias mexicanas?

—Pues fíjese que aquí toda la opinión pública está en contra suya. No paran de hablar de que usted es un dictador sanguinario y que debe dejar el país.

—Pues ve, hombre, es lo que vengo diciendo desde hace mucho. Hay una increíble campaña internacional para desprestigiarme. Las proporciones son increíbles. Tanto los escritores de noticias como los comentaristas no sabían ni dónde quedaba Nicaragua y mucho menos sabían algo del pueblo nicaragüense, y ahora miralos, de un día para otro son unos expertos en los padecimientos de nuestra tierra. Y lo peor del caso es que se encargan de ensalzar a los sandinistas, pero no dicen que están siendo entrenados en Cuba, Checoeslovaquia, Libia y Panamá, y hasta por la Organización para la Liberación de Palestina.

—Pues sí, general, aquí en México los noticieros no dejan de hablar de Nicaragua.

—Bueno, flaco, saludame mucho a la Ligia y dale un abrazo a las niñas, seguimos en contacto.

NOTICIEROS

Jueves 28 de junio

Tenemos permiso por treinta días para quedarnos en México, pero, como se ven las cosas, tal vez necesitemos un poco más de tiempo. No se ve que haya una solución a la guerra en el corto plazo.

Para colmo, hoy no se pudo reunir el Congreso por falta de *quorum*. Los conservadores se retiraron porque no había en la agenda ninguna solución viable a la guerra.

Mi papa dice que estando lejos siente una impotencia terrible y que nada más es un espectador de las calamidades que le pasan a su tierra. Por otro lado, siente el alivio de tenernos a salvo (por el momento), mientras dure el permiso de permanecer en México.

Mi hermana y yo ya hemos sido aleccionadas de no decir nada de Nicaragua. Mis papás dicen que hay un malestar generalizado por el general Somoza y por los somocistas, y que por nuestra seguridad debemos mantenernos reservadas. Que si nos preguntan por qué hemos salido de Nicaragua, que digamos la verdad, que la situación está muy difícil, que hay una guerra cruenta, escasez de todo y que queríamos ponernos a salvo de las balas, pero que por ningún motivo mencionemos que somos tan allegados al general. A mí me sorprende que los hijos de los vecinos hablen tan mal de Nicaragua y del general. En México lo odian a muerte. Yo creo que tiene mucho que ver con ese noticiero de Zabludovsky que dice cosas tan horribles de Somoza.

Yo creo que no lo conoce bien. Estoy tan confundida que ya no sé ni qué pensar.

EMBAJADOR PEZZULLO

Viernes 29 de junio

Las noticias de Nicaragua están color de hormiga. En los noticieros de México no se deja de hablar de mi país. Ahora resulta que el embajador Pezzullo de Estados Unidos le pidió la renuncia al presidente. Si los americanos ejercen presión sobre el general, todo acabará muy pronto.

Por la noche el general le habló a mi papa. La comunicación es muy mala y se corta.

Vuelve a intentarlo y se corta de nuevo. Por lo poco que pudieron platicar se ve que el presidente se siente acorralado. No puede entender que Estados Unidos entregue Nicaragua al comunismo. Dice que será un cáncer que se expandirá por toda América…

LE PIDEN LA RENUNCIA

Sábado 30 de junio

El gobierno de Estados Unidos de América le pide al general Anastasio Somoza Debayle la renuncia incondicional como presidente de Nicaragua. Ya no hubo un ultimátum que negociar, la cosa era por la brava.

Mi papa volvió a hablar con el general. Dice que está muy cansado y triste, que no entiende la política de Carter y que tampoco entiende por qué quieren rendirse ante el comunismo. Mi papa dice que se le oye bastante desesperado.

Managua estuvo en relativa calma, pero León, Chinandega, Matagalpa y Estelí están tomados por el FSLN. Los pueblos han ido cayendo poco a poco en manos de los sandinistas y ellos están organizando gobiernos municipales.

Se combate bastante fuerte en la frontera y ha habido innumerables bajas de ambos bandos.

Por la noche llamó el general para decirle a mi papa que lo veamos en su entrevista con el periodista mexicano. Lo transmitirán en los canales 2, 8 y 13.

PATADAS DE AHOGADO

Domingo 1° de julio

El general Somoza comenta que renunciará hasta que termine la guerra. Su condición es que Estados Unidos ayude a la reconstrucción de Nicaragua y que obligue a Costa Rica a no prestar su territorio para proteger al FSLN. Las cosas están cada vez peor y él está desesperado.

CINCO MESES MÁS

Miércoles 4 de julio

El presidente anuncia que renunciará y dejará al país en manos de la OEA. Siempre llegan noticias de su dimisión, pero todo es bastante contradictorio. El día de hoy también se dijo que estaba muy enfermo. Por la tarde mi papa recibió la acostumbrada llamada:

—Ideay, flaco, ¿cómo van?

—Pues fíjese que muy confundidos con tantas noticias.

—¿Qué dijeron hoy?

—Que usted se encuentra muy enfermo. ¿Se siente bien?

—Estoy más sólido que un roble. No te preocupés, flaco, son puras mentiras, pero con tanta chochada no sería raro que enfermase de nuevo. ¿Vos cómo estás?

—Yo bien, gracias; tanto Ligia como las niñas también están bien.

—¿Qué otra cosa dijeron?

—Que usted dejaría la presidencia si el país queda en manos de la OEA.

—Fijate que la negociación con los americanos ha sido todo un martirio. Y hay otro clavo: me robaron un barco, la tripulación se desapareció con él, yo creo que están en México. En fin, flaco, cuidate mucho y cuidame a las niñas.

Esa tarde fuimos a Migración a solicitar permanencia en México por cinco meses más.

MUERTO EN COMBATE

Del martes 10 al lunes 16 de julio

Mi papa habló con el presidente y él le dijo que lo siguiera llamando, pues le daba mucho aliento.

El general anuncia que dimite si la OEA garantiza un gobierno democrático en Nicaragua y pide una reunión urgente del órgano de consulta de dicha organización.

El miércoles, México reconoce un gobierno de reconstrucción y pide que no se vendan armas a Somoza. El gobierno de Nicaragua pide una reunión urgente de la OEA.

Irak y Libia rompen relaciones diplomáticas con Nicaragua, mientras que en Túnez incautan un avión con armas para el FSLN con destino a Cartago, Costa Rica.

El jueves, los sandinistas anuncian la marcha sobre Managua, León y Carazo.

El viernes vimos en el canal 2 un resumen de lo acontecido hasta la fecha en Nicaragua. Mi papa nos dijo que era algo horripilante y nos preguntó:

—¿Quién gana la guerra?, ¿quién la pierde? Lo único cierto es que el pueblo sufre lo indescriptible y esto debe parar ya.

El sábado llegaron a la casa dos señoras, una mexicana y una chilena. Nos comunicaron que el comandante Éric-Alfonso había muerto en combate en Jinotepe. Mi tío, que tanto nos había advertido de que nos fuéramos de Managua, murió buscando el sueño revolucionario. Nunca supo que a escasos días Somoza sería derrocado.

RENUNCIA

Del lunes 16 al jueves 19 de julio

El lunes 16, el general Anastasio Somoza Debayle renuncia ante el Congreso y entrega el poder al doctor Francisco Urcuyo Maliaños.

El martes llega Somoza a Miami como exiliado político.

El miércoles renuncia el doctor Urcuyo Maliaños y sale para Guatemala. En ese momento se rinde la Guardia Nacional ante el FSLN.

El jueves 19 de julio de 1979, el Frente Sandinista de Liberación Nacional entra al búnker sin ninguna resistencia y un grupo de la junta sandinista llega a San José en el avión presidencial de México.

EPÍLOGO

NOS SEGUIMOS MATANDO

Aún soy un mar de preguntas: ¿cómo se quita el miedo a matar y al mismo tiempo se está dispuesto a perder la vida?, ¿será que los que lo han hecho nunca temieron? Y si lo hicieron, ¿cómo cruzaron esa frontera de la que jamás tendrán regreso?

Sin juzgar, ¿cómo puede alguien disparar a sangre fría un arma contra otro ser humano?, ¿se piensa en esos momentos?, ¿existe un vacío impenetrable en la conciencia para que no duela?

¿Siente remordimientos?

Después de varias vidas cortadas, ¿matar se convertirá en un mero trámite, en algo enteramente mecánico?

¿Le será placentero dañar o será una coraza para paliar el daño que le han hecho?

¿Son el odio y la venganza sentimientos más poderosos que el amor?, ¿serán dos caras de la misma moneda?

¿Será válido matar por el bien común?, ¿dónde queda la división entre terminar una vida por el bien de los demás, por la democracia y la justicia, y porque simplemente me conviene destruir a otra persona?

Es hoy y no encuentro las respuestas.

Jamás pude recuperar mi niñez. Se quedó suspendida en un mundo de sangre, en los ojos de aquel muchacho del FSLN *que me apuntó con su metralleta y al que luego mataron en la puerta de mi casa, en los camiones de redilas atascados de cadáveres, en los aviones que abrían sus alas para expulsar muerte, en los gritos de los heridos, en las turbas sedientas y enfurecidas, en los guardias colgados de los postes de luz, en la escena de televisión repetida hasta el cansancio del asesinato del reportero de la ABC. En la cerrazón absurda de «fui elegido por el voto popular y la mayoría fue aplastante; no me voy, me quedo», misma cerrazón que ocurre en pleno 2019 con el que ahora ostenta el poder, ese mismo poder…*

General, todos los días le pregunto: ¿por qué me robó mi niñez y me arrebató mi amada Nicaragua?

Y lo más triste es que, cuarenta años después, los nicaragüenses nos seguimos matando. Por lo mismo.

Ciudad de México
Octubre, 2019

CARTA DE SOMOZA A MIS PADRES

A. Somoza

Oct 7. 1979

Mis queridos amigos — Humberto y Tepa

Me es agradable escribir estas pocas lineas para saludarles y desearles una pronta mejoria de Humberto.

Ahi les mando un cariñito para que se ayuden por el momento.

Deseo me saluden a las niñas y a mis amigos Arguellos —

Reciban de parte mio y de Dino nuestro cariño de siempre. Esperando que pronto podamos reunirnos.

afmo

A Somoza

Incluido un giro por U.S-2,000.00

AGRADECIMIENTOS

Les agradezco a Claribel Alegría y a Darwing Flakoll por su libro *Death of Somoza*, en el cual relatan el plan para matarlo. Utilicé esos hechos para novelarlos y escribir la primera parte de esta novela.

BIBLIOGRAFÍA

Alegría, Claribel y Darwing Flakoll, *Death of Somoza*. Estados Unidos, Curbstone Press, 1996.

Chamorro, Xiomara, «Entrevista a Anastasio Somoza Portocarrero», en *La Prensa*, Guatemala, 9 de agosto de 2000.

Herrera León, Fabián, «El apoyo de México al triunfo de la revolución sandinista: su interés y uso político», *Anuario Colombiano de Historia Social y de la Cultura*, Vol. 38, núm. 1, pp. 219-240. Universidad Nacional de Colombia, Colombia, 2011.

Medina Sánchez, Fabián, *Los días de Somoza*. La Prensa, Nicaragua, 2009.

Neuman, Andrés, *Fractura*. Alfaguara, México, 2018.

Orwell, George, *1984*. Tomo, México, 2017.

Somoza, Anastasio y Jack Cox, *Nicaragua traicionada*. Western Islands, Estados Unidos, 1980.

Sontag, Susan, *Ante el dolor de los demás*. Alfaguara, Madrid, 2007.

Zabludovsky, Abraham, «Entrevista a Anastasio Somoza Debayle».

ÍNDICE